FLORET
READING

小花阅读

我们只写有爱的故事

小花阅读

梦三生系列 02

《桃药无双》

以血为药，
菜鸟解蛊师解开三卷痴情事；
蛊动君心，
扮猪吃老虎美男门主种情根。

《桃药无双》已经改编为文字游戏《蛊动君心》
现正火爆试玩中
多种人物结局可供自由选择
手机扫描二维码立刻开始游戏

桃药无双

果子久 著

贵州出版集团
贵州人民出版社

图书在版编目（ＣＩＰ）数据

桃药无双 / 果子久著. -- 贵阳：贵州人民出版社，
2016.7（2020.1重印）

　ISBN 978-7-221-13229-1

　Ⅰ.①桃… Ⅱ.①果… Ⅲ.①长篇小说－中国－当代
Ⅳ.①I247.5

　中国版本图书馆CIP数据核字(2016)第116810号

桃药无双

果子久　著

出版统筹	陈继光
选题策划	大鱼文化
责任编辑	刘向辉
特约编辑	胡晨艳
流程编辑	黄蕙心
装帧设计	刘　艳　李雅静
封面绘制	萨菲珥
出版发行	贵州人民出版社（贵阳市观山湖区会展东路SOHO办公区A座 邮编：550081）
印　　刷	三河市华东印刷有限公司
开　　本	880×1230毫米 1/32
字　　数	140千
印　　张	9
版　　次	2016年8月第1版
印　　次	2016年8月第1次印刷 2020年1月第2次印刷
书　　号	ISBN 978-7-221-13229-1
定　　价	39.80元

桃药无双

目录

桃药
无双

目录

TAOYAOWUSHUANG

桃药
无双

目录

桃药
无双

目录

第 一 章

堂堂百花涧一个学解蛊的门派，
怎能如此不济的非要让人学饲蛊！

在我第一、二、三、四、五、六、七、八、九……不计其数的饲蛊失败后，今日，在这个天朗气清、惠风和畅的日子里，老天爷依旧没有显示出丝毫对我弱小心灵的体贴。

我依然失败了。

对此，我感到无比沮丧，蹲在百花崖的崖口子边上将它们埋了，还插上了我精心挑选的崖口边上的一朵野菊花。我暗自腹诽，堂堂百花涧一个学解蛊的门派，怎能如此不济非要让人学饲蛊！

我年幼无知之时，总是对万物充满一问到底的执着精神。我曾无数次问过七公为何我学解蛊要饲蛊。

七公总是摸着白花花的胡子，眼神迷离地叹道："天意向来高难问，你且当养养宠物丰富丰富精神世界吧。"

我："……"

对于七公那个老不正经的话，我一向是不信的。

在我的再三追问下，七公恨铁不成钢地对我说："小药啊，你还是太年轻！怎么就不能体会老人家的用心良苦呢！你解不了蛊的时候，先饲上一蛊在自己身上试试，这样解蛊自然会解得比较快啊。"

我曾傻傻地信以为真，还猜测师祖定下这门课程可能是为了有朝一日涧中没有生意的时候可以给人下上一蛊，再将他医好，便可赚上一笔。这是多么具有经济头脑的好想法啊！

后来和门派里的其他弟子一起八卦的时候才听说，原来先代师祖和师祖母感情甚笃，年青之时时常玩情调，两天一小吵，三天一大打，还经常互相下点蛊毒玩生死一线。

我想我终于明白为何连七公那个老不正经都三缄其口避重就轻，也明白了为何百花涧解蛊之术如此高超，原来是师祖迫于生命安全啊……

其实饲蛊这事，对我来说还真没什么意义。

说来惭愧，我虽然饲蛊之术十分不济，解蛊之术也马马虎虎，但是我的血却有抑制毒蛊的奇效。所以给自己下蛊这种事对我来说基本没用，况且给自己下蛊这种丧心病狂的事我也委实做不出来。

可是七公说了，要是搞特殊化只有我不用学饲蛊，那百花涧就沦落得和现在的衙门没什么区别了。

所以，我还是得乖乖地学饲蛊。

往事果真是不堪回首，我看着远处涧里升起了袅袅炊烟，决定先将饲蛊失败引发的无限悲情和以此引发的联想放上一放，果断回百花涧吃晚饭。我起身来拍了拍身上的土，准备喊和我一起出来却早已跑得连个影子都没了的七公。

我转身对着整个云山大喊道："七公……公……公……公！七公……公……公……公……"

可是直到整个云山之中都回荡着我撕心裂肺的叫喊声，前方仍然毫无动静。为了尽快回涧里吃上晚饭，我决定有必要认认真真好好喊喊七公的大名。

我坐在崖口的大石头上跷着二郎腿深深地吸了口气，气沉丹田，大声号道："三七！田三七！田三七！"

果然不到三声，七公就从林子中冲了出来，还惊起了无数鸟儿。我刚刚想感叹一下这样的扰民哦不对是扰鸟真是作孽哟！七公就已经冲到了我的面前，再往前一厘米估计就直接撞在我的脑门子上了。

还没待我从惊吓中缓过神来，七公就粗着嗓门对我嚷嚷着："死丫头，叫什么呢！"

七公虽是掌门的师叔，但素日老不正经，一点儿也不像个蛊术高超的长老。年纪一大把的七公，最不愿意被人提及的就是全名，因为七公自觉田三七这个名字不够复杂太过直白，不能显示出他的复杂与不直白……

我看七公看着我的眼神写满了凶狠的"你给我等着"，急忙双手拽着他的胳膊，一边晃一边讪讪地笑："七公……你跑哪儿去了，涧里要开饭了，再晚一点儿就要回去喝西北风了啦！"

七公白了我一眼，还未开口，我就拉着他小跑了起来……

刚到百花涧的涧口便有弟子来找七公，说是折雪山庄派来向他学习的弟子已经到了，让他去百蛊楼见见。

我不过好奇便随口问了几句，可谁想七公竟然指派我去接待那名弟子，我暗想七公一定是因为方才我喊了他的真名报复我。

正是吃饭时间，我实在不愿意去，便弱弱地开口："七……公……啊……你这样不会是纯报复我吧……"

七公慈祥地看着我笑，拧了拧他那白花花的胡子。

一看他拧胡子，我就知道准没好事！

果不其然，七公假似沉吟，半晌开口道："你看，我就是这么直白……"

我仍不死心央求："七公……你最疼我啦。"

七公笑眯眯地摸了摸我的头："不不不，我最疼我自己了。我说你就那么不想去？"

"嗯！不想去，一点儿都不想去。"我拼命摇头。

"既然这么不想去，那就……就只能你自己克服一下了，七公我饿了先吃饭去喽。"说罢，七公高高兴兴地一边摸着胡子一边踱着步子悠然自得地走了。

我呆立在原地半晌，暗自在心里将七公他老人家从头到尾问候了一遍。然后思忖着左右我是逃不过了，于是便磨磨叽叽不情不愿地往百蛊楼走去。

百蛊楼位于整个百花涧的中央，是掌门平日处理涧中事务的地方。它建在涧中的镜湖之上，而临水桥便是去百蛊楼不划船的唯一道路。

我刚刚踏上临水桥，远远便看见一名身着黛色长袍的男子，身子挺立，负手槐树之下。微风拂过，槐花瓣伴着他的发丝在空中舞动，一副遗世独立的模样。似是听到有人前来，他蓦地回头，玄色发丝拂过精致脸庞，眼中似是盛开着倾世桃花。

我当下心中便冒出了"言念君子，温润如玉"这句古话。

美色当前，我未作多想便走上前去："你可是折雪山庄派来的弟子？"

他浅浅一笑双手抱拳道："在下符桃，来自折雪山庄，在此等候七公。"

百蛊楼上的风铎在风中丁零作响，伴着他清清冷冷的声音甚是好听。

我亦急忙抱拳回礼道："我姓明，明没药。奉七公之命负责带你参观百花涧，今日天色已晚，你先随我去住处安顿，明日辰时你仍在此等我，我再带你去别处看看。"

符桃淡淡一笑，答道："如此便麻烦明姑娘了。"

我点了点头道："无妨，你且随我来吧。"

他向我颔首道了声谢，我便带着他往住处走去。

不一会儿便到了他的住处，我向他道："你刚刚进来的山谷便是百花谷，平日大家都在百花涧里活动，这里便是涧中男弟子的住处百花楼。"

符桃愣了一下道："……百花楼？明姑娘说笑了吧？这门楣上明明写着揽月楼吧。"

我暗想一般人果然不能理解涧里的良苦用心，便道："唉，你初来此地就不懂了，你看！百花谷里的山涧叫百花涧，这涧里的楼自然要叫百花楼啦，这是涧里公认的嘛！"

其实我心里知晓，这更为主要的原因其实是，这年头招弟子委实不易。平常百姓好端端地在家为何要跑到这山涧里来，一说弟子都住在百花楼自然可能吸引一些心怀遐想的新弟子——我觉得这和凡是大点的酒楼都会将清炒菠菜这道菜叫红嘴绿鹦哥是一个道理。

我见符桃嘴角抽搐了一下，便思忖着这位符公子想必是被我们涧里的奔放惊讶到了，又道："你要学的还很多呢。对了！你今年多大了？是否娶妻？"

符桃明显地愣了一下道："在下今年二十有二，未曾娶妻，姑娘何故有此一问？"

我得意一笑："好巧！我也尚未成亲。嘿嘿！"

符桃："……"

"哦，对了，我今年十六了，你就不要明姑娘明姑娘地叫我了，你看我们相差六岁，以后你便叫我师姐吧！我就叫你阿桃吧！"

我正暗自得意自己的睿智，这样一来我倒是将这位绝色美男的感情状况摸得一清二楚；而且以后他须得尊称我一声师姐，这样天长日久他必然也会对我敬重有加。就算日后不能有别的发展，这样绝色的男子叫我一声师姐我也不吃亏啊！

正当我陷入这种愉悦的情绪无法自拔时，便有清冷的声音传入耳中，带着一丝调笑："明姑娘的逻辑还真是与众不同。明明是我比姑娘大上六岁，虽说在下进门时间不如姑娘久，但是在下此次前来师承七公，七公算是姑娘的师公，这样算来你应当叫在下一声师叔吧？"

我愣了一下，断然没有想到他会有此一说，便立即义正词严地改口道"哈哈哈，七公他最不在意的就是辈分这种繁文缛节了，你还是叫我没药，没药就好。嘿嘿，没事我就先走了哈……"说罢，我便急急忙忙地向外走去。

远处还传来符桃略带戏谑的声音："明姑娘，慢走不送。"

于是我便又加快了脚步，往我就寝的地方走去。

我一路走一路摸着早已经饿扁的肚子，抱怨着符桃这人看来也不是个省油的灯。

　　涧里的晚膳时间早已过了，我估计着今日大概是要饿肚子。可一回到卧房便看见卧房桌上放着几盘我爱吃的点心，顿时心花怒放，暗暗想七公还算有点良心。

　　匆匆吃了些点心，我便收拾收拾睡觉去了。

第 二 章

你师兄真有你说的那么猥琐？

第二日一早我准时来到临水桥，符桃已经等在那里了。

免不了寒暄一番，之后，我提议先带他去涧里风景优美的百花园看看，晚些时候再带他去见七公。符桃自是没什么异议，于是我便带他前往位于百花涧南面的百花园。

可当经过涧中的一片树林之时，远远就看见树林之中的亭子里，身着一袭花衣的男子和一位着白衣的姑娘正在说些什么。

不用想也知道那人是谁！在百花涧里穿得这么风骚的，除了凤尾那厮不用作第二人想。

凤尾是我的师兄，素日总是喜欢将各种颜色都穿在身上。他身上一直有一种我理解不了的气质，那就是自来熟，男女通吃的那种，而且其中以男子居多！他曾经和一个第一次见面的公子甲聊天聊了整整三炷香时间，最终还是被我死拉活拽才给弄走。

更为让人惊悚的是，凤尾还与这位公子发展起了长期情谊，经常飞鸽传书，对此乐此不疲不亦乐乎！这一度让我惶恐，但让我更加惶恐的是，我总有种预感凤尾这样玩下去，早晚有一天玩着玩着就得把自己的袖子给玩断了！这俗话说得好啊，常在河边走哪有不湿鞋！

然而凤尾此人最大的乐趣就是调戏人，比如他曾经因为贪图一时之快，调戏了山脚下林记猪肉铺的小公子，直接导致了我和他被那小公子拿着剁猪脚的尖刀从南山头跑到了北山头，从东山头又跑到了西山头……涧里也整整一个月没闻到过肉香。

他眼下肯定正在调戏新来涧里的无知小师妹！八卦当前哪有不深挖的道理！我扭头高兴地对符桃道："走走走，我带你看场好戏。"

符桃心下疑惑："不去百花园？"

"哎呀！百花园哪有这里好看，快快快别磨磨叽叽的了！"我拉着符桃一起藏在了一棵树下。我双手撑在树干上，身子向前倾仔细地观察着亭子里的情况。只见前面不远处，身着花衣的凤尾正和一名女子相对坐在亭子里，似乎正说着什么。

符桃只是远远地站着环顾四周。唉，一看就是个没有偷听经验的。我向他招手示意他过来点儿，然后轻声对他道："你站那么远能听见个什么！来来，快过来！"

他却很是无奈地笑道："你站在那儿，就能听见了？那亭子外围有一圈一圈的牡丹围绕，就算你站在最近的一棵树下也只能干看着，胡乱臆测罢了。"

我当下即赞叹道："这亭子还真是个适合小鸳鸯偷情的好地方啊！"

符桃："……"

我又转头望着符桃道："无怪乎以往凤尾和那些新晋小师弟上课传小字条都要偷偷约在这儿见啊！"

"凤尾是谁？"符桃疑惑问道。

"就是亭子里穿得和个花孔雀似的那位，我的师兄。哦，对了！他平时闲来无事最喜欢调戏你这样衣冠楚楚的公子哥了！你要自重啊！"

符桃无奈地看着我："我怎么就是衣冠楚楚的公子哥了？况且你师兄真有你说的那么猥琐？"

我看着他认真地点了点头："也对！他不仅猥琐，他还调戏漂亮姑娘呢！你瞧我这记性，嘿嘿。"

符桃："……"

"小药！你鬼鬼祟祟又在干吗呢？"

有人叫我。我吓了一跳，猛地扭头，只见路过此地的七公，正一边摸着他那白花花的胡子一边朝着这边走来。

我连忙示意七公噤声。

七公一看心下了然，一路小跑，转眼跑到了我与符桃的身边。

待看清眼前景象的时候，七公摸着胡子笑呵呵道："凤尾又在勾搭人了？这次是小师妹还是小师弟？来来来老夫也来看看。"

七公扭身，注意到了此时正站在我身边的符桃，便一边拧着胡子，一边上上下下地将符桃打量了一遍。

不好！七公又开始拧他那白花花的胡子了，一定是不怀好意！

毕竟"头可断！血可流！胡子不能乱"这句话，是七公的人生信条。也正因如此，我一度以为，"胡子"是一个人全身上下最为重要的部分。这直接导致了我在年幼时，一直认为自己和涧里的一众小弟子都是残疾人士……待到再大一些的时候，看到凤尾的下巴上，开始冒出了青色的胡楂，又一度让我陷入自卑，觉得自己是个有着生理缺陷的人。

听说生姜有促进毛发生长的作用，为弥补我的缺陷，我经常跑到涧中的伙房里偷生姜，往自己的下巴上蹭。直到被伙房的张厨子发现，在他"语重心长"的教导下，我才知晓，原来只有男人才会长胡子！

总之，那么在意自己胡子的七公，只要一开始拧他那白花花的胡子，那他接下来说的话，就一定会让他很舒心，让你很不舒心。

果不其然，七公笑得一肚子坏水样："你也勾搭上了一个？长得倒是挺俊的。"他一边打量一边自顾自地点头。

"喷，七公你说什么呢！这是你的新弟子，折雪山庄来的！"我不满地朝七公翻了个白眼。

　　七公愣了愣，这才觉得有些失言，拍了拍脑门朝符桃道："你就是符桃吧。我就是百花涧的七公。哈哈哈七公我年纪大了，说话也随意惯了，你多担待。"

　　符桃连忙向七公道了声不敢，正欲自我介绍却被七公阻止："以后再说，以后再说，其实吧，亭子里这种场面身为长老的我本该去制止的，但今天我决定还是先观察观察，毕竟不能冤枉了别人。"

　　符桃："……"是你自己想看吧。

　　我左看右看，眼睛都瞪酸了脸都贴在树上了，也实在没听清他们到底在说什么，于是急切地请教符桃道："阿桃，这儿果然是听不清，以你之见该如何是好？"

　　符桃："阿……桃？"

　　"你一大老爷们儿，就别磨磨叽叽婆婆妈妈的了，赶紧的啊！万一一会儿他们说完走了该怎么办！"

　　七公一边摸着他那白花花的胡子一边频频附和："是啊是啊！春宵一刻值千金呢！哎哎！你们怎么这样看着我？我的意思是像他俩这样缱绻万千的时刻值得我们好好看上一看，你们怎么那么不纯洁！"说完朝空翻了个白眼，伸手自认为潇洒地将了将额前的碎发。

　　我："……"

　　符桃："……"

　　尴尬间，符桃抚着下巴道："如此看来，为今之计便只有直接上前去问问他们在说什么了。"

七公一拍大腿:"有道理!"

我:"……"

我说你们真的懂什么叫偷听吗!不待我开口阻止,不远处忽然传来男声:"你们在这儿干什么呢?"

我吓了一跳,准备回头看看是谁这么不长眼,大白天的出来吓人!这一回头又吓了一跳!刚刚还在亭子里的凤尾这一转眼就站在了我们的背后。

我讪讪地笑:"呵呵!这么巧啊!你也在这儿散步?这儿的风景真是让人心醉,不禁驻足观赏啊!你看今天的月亮真大真美啊!"

七公忙紧随其后:"对啊!对啊!今天的星星可真是圆啊!"

凤尾:"……"

符桃:"……"

凤尾深深地叹了口气扶额道:"这青天白日的哪里来的月亮和星星!"

我:"……"

七公:"……"

符桃笑着看了我一眼,眼中笑意更浓,转身向凤尾道:"凤尾兄,他两位对你甚是关心,见你和一名女子在亭中闲谈,心下十分好奇,才会在此停留,想要一窥究竟。"

我颇为敬佩地看了符桃一眼,心下想他还真是直白!而且被他这么正经地一说，我怎么觉得我们这原本偷偷摸摸的事，听着还挺有理有据的！

我连忙附和："是啊！是啊！我们这不关心你嘛，那姑娘姓甚名谁？是新来弟子里那个组别的？她……"

还未待我说完，七公就直接打断了我的话，恨铁不成钢地看了我一眼道："瞧你忒八卦！哎哎，小尾你别理他，来来和七公我说说。她打哪儿来？家里几亩地？家里几口人？性格如何？"

凤尾见我们这么八卦反倒是没有生气，挑眉古怪地笑笑转身看着符桃道："这位公子真是生得一副好皮囊啊！莫非你也想知道我的感情状况？来来来，你过来点我们私下聊啊！"复又转身看了我和七公一眼，嫌弃道，"想知道啊！"见我和七公拼命点头，凤尾从鼻子里喷出一个气声，"哼，无可奉告！"

被这样鄙视了，七公可不愿意了，他颇有深意地点了点头，又拧了拧他那白花花的胡子道："看来你是想去巡山了。"

说到巡山，简直就是涧中众弟子的噩梦！枯燥也就罢了，关键是巡山回来之后还要写冗长巡山所见心得以及对云山安全问题的若干看法！关键是掌管此事的长老闲来无事最喜与人聊天，还爱借题发挥。曾有一次与我和凤尾谈话生生从注意云山的安全谈到蛊术与安全的关系，再谈到人生及人生理想，最终回到卧房安全问题比如不要白天在卧房点蜡烛、晚上记得吹蜡烛云云，简直不能忍！

想当初我与凤尾被派去巡山之时，总是他巡南山，我巡北山。

每每巡山之时总是愁苦不已，为了排遣心中苦闷我俩总是一个站在南山头、一个站在北山头互相对歌，互诉愁苦之情。可能歌声太过悲切，引发了山下群众不满。群众自发联名上书掌门，说我俩扰民。

我俩多次被罚蹲墙角后还执迷不悔……鉴于我俩屡教不改，山下居民又一直投诉，掌门终于改派其他弟子巡山。为此我和凤尾还一度暗自庆幸了许久。

果然一听到巡山，凤尾的态度立马一百八十度大转弯："哎呀七公呀！您看您急什么，您想知道我慢慢说给你听嘛！

可还没等凤尾开口，突然有弟子急匆匆跑来说掌门在寻我与凤尾，让我们火速前去见他。我平时最怕一本正经的掌门了，一听掌门要见我连忙向七公投去了求助的眼神。

七公看了看我无奈地摇了摇头，摸了摸胡子道："得得得，陪你俩一起去吧。符桃你先到我的住处等我，一会儿我去找你交代一些事情。"

"七公你可真是我的救星！"我高兴得跳了起来。

心情大好，于是我详细地给符桃讲解了去七公住处的数条路线，鉴于涧里的路七扭八拐的，我还好心随手给他画了张线路图。

符桃皱着眉头看着这张图半晌，艰难道："这画风还挺独特。"

凤尾似是深为同情地看了符桃一眼，转身边吹口哨边挪到了旁边的柳树下站着。我心想着，凤尾这个路痴，必然是不能看懂我所画的地图之精妙。

　　我得意地对符桃道："这涧里的路百转千回的，以后找不到尽管问我。要不我给你画纸上，你拿着边看边找？"

　　符桃惊恐地望我一眼，自寻出路去了。

第三章

这是一把麻将引发的惨案！

　　一进百蛊楼，就见掌门人站在书案后已经在等待我们的到来。我和凤尾毕恭毕敬地拜见了掌门，连口大气也不敢出。

　　掌门看了看我与凤尾二人，又看了看七公，叹了口气对七公道："唉，师叔你就是这样才将他们宠坏的。你看看他们二人，一个天天无所事事不思进取，一个因为自己天生血液能够解毒而不好好学习蛊术。"

　　我心里不满，说凤尾无所事事不学无术也就算了，我怎么就不好好学习蛊术了！我不由得狡辩："掌门，不是我不好好学，您也知道那蛊虫与我的血液天生相克，我就是怎么饲蛊都养不活那群小虫子嘛！"

"借口！"

"本来就是嘛！"

"你……"

"我怎么了。"

"说你两句还说不得了！是该调教调教了！你明日就和凤尾一起去金陵帮人解蛊，我看你天天待在百花涧里是日子过得太安逸了！"掌门似乎很是生气。

我又欲开口却被七公拦下，七公朝掌门道："是该出去历练历练，让折雪山庄来的符桃也随他们一起吧。折雪山庄来的自是武功不差，他二人从未出过百花涧有个人帮衬一下也是好的。"

"可他不过才来百花涧。"

"这有什么，就当早些历练吧。"

七公态度坚决，掌门也不好驳了七公的意思："唉，也好，就让他们三人一起去吧。"

掌门又训斥了我几句后，独自留下七公说事，让我和凤尾离开了。

其实我还挺愿意去金陵的，我自小在百花涧长大，几乎没有离开过云山。这次能跑出去玩玩也是挺开心的。

凤尾就不怎么高兴了，刚从百蛊楼出来就抱怨："明没药啊明没药！掌门骂你你就听着是了，像我这样不说话有那么难嘛，现在好了吧，明日就得去金陵！你说说！我刚刚才新认识的小师妹怎么办吧！"

此时此刻还不忘小师妹，真是死性不改！我没好气道："我说你这个人，怎么这么不会想啊！金陵是什么地方还怕没有漂亮姑娘？再说了解个蛊有什么难的！万一实在解不了，大不了我放点儿血呗！"

言罢我和凤尾对视一眼，凤尾点了点头："也是！符桃就是刚刚那个公子吧？长得还挺顺眼，都快赶上我了，他也一起去，委实不错！"

我："……"

第二天一早，我们三人就准备出发了。临行前七公给了我一些乱七八糟的蛊，说是说不定能用上。我不以为然地随手一兜，心里想我是去给人解蛊的又不是给人下毒去的，这些蛊又不能以毒攻毒，还不如我的血有用。

思及此，我对七公道："七公啊，给这些个乱七八糟的能有什么用，不如多给些钱我吧！"

七公白了我一眼，摸着胡子一副痛心疾首的样子："肤浅！庸俗！不是我说你，老夫我如此广博洒脱之人怎么教出了你这个爱财如命的臭丫头！老夫真是心痛！"

我心想拉倒吧，就您那样，和广博洒脱这两个词语压根就不沾边，于是忍不住小声咕哝："也不知是谁，就因为被叫了个名子非得让我去接待别人，连个晚饭都给错过了。"

"嘿！我说你个臭丫头真是没良心，我可是留了点心给你的。"七公虽然年纪一大把了，但每次别人说他坏话时耳朵就变得特别好使。

我这边和七公斗嘴斗得正欢，符桃站在一边嘴角噙着一丝笑意什么也没说。

凤尾倒是按捺不住了："哎哟！你们俩快别说了，再不走天黑之前就走不出云山了！"

"我看你就是急着去金陵祸害那些个无知的少男少女吧！"我此话一出，凤尾便被噎得无话可说了。

眼看时间也确实不早了，七公拍了拍符桃的肩膀道："你堂堂一个门……你堂堂折雪山庄的大弟子，武功必然不差，就多上上心吧。"

符桃鞠躬向七公道："自当尽力。"

七公点了点头，又道："此次出涧历练，一切多加小心，有事及时飞鸽传书回涧里。"

我们齐声应了，便与七公告别了。

正是晨光熹微之时，山中云雾缭绕，清泉叮咚，不远处的山峦也被镀上了一层暖暖的金色，我们三人就这样踏上了前往金陵的未知之路。

三日之后，我们便到达了广陵，再有不到二百来里地就到金陵了。

广陵虽不如金陵城繁华但也是个颇有名气的城，城内有运河流过，听说城内多种银杏和芍药，景色十分宜人。运河边上的瓜州渡也十分繁华，入夜便有许多伶人弹唱。

我们决定在广陵城里休息一晚，明日再出发。

没料想到，还没进广陵城门，我们就生生被堵在了广陵城郊的坟地旁边。

眼看一个时辰过去了，前方一点儿动静都没有。委实无聊，我们便都下马车等着，顺便寻思着找点乐子。

可是这荒坟堆里压根寻不出个什么，倒是凤尾那厮又与前面马车的一个玉面小生聊上了，欢快得不得了。我与符桃左右无事，就地生了堆火，符桃又去抓了两只野鸡准备当晚饭。

我一边朝火堆里丢柴一边无聊地叹道："阿桃！你这坟堆里弄出来的野鸡能吃吗？不会肠穿肚烂吧？"

符桃正在不远处弯着腰拾柴，走过来将柴放在火堆边拍拍手笑道："这野鸡是我刚刚在往前一些的树林里抓的。"

我看着他，满意地笑道："如此我就放心了。"

符桃看着我点了点头，笑意更深："不过这柴是从坟地里刨出来的。"

我："……"

那一晚上，符桃一个人吃得极香，我脑海中一直盘旋着符桃跑去掀了别人棺材板的画面，这死人棺材当柴……委实下不了口啊！

直到符桃笑着问我："明姑娘？你怎么不吃？"

我才支支吾吾地道："啊，下午吃青枣吃多了，有些撑。"

符桃笑着递了个鸡腿过来对我道："吃吧，那柴火是我从坟地周围树上扯下来的，不是坟地里刨的。"

我："……"

我一把拿过鸡腿瞪着他不满道："你这人怎么这么……"

还未待我说完，只见凤尾那厮兴高采烈地奔了回来，他一屁股坐在了我的旁边，劈手夺过我手上的鸡腿一口就咬了一半。

我当下十分气愤，狠狠踢了一脚凤尾道："哎，那是我的鸡腿！你赶紧还给我！你不是和前面那小哥聊得带劲得很嘛，怎么一到饭点你就回来了！"

凤尾瞥了我一眼，假惺惺地把啃得只剩下骨头和他口水的鸡腿递到了我的面前："给你，还给你，拿去拿去！"

我嫌弃地看了他一眼顺手推了过去："真恶心！赶紧拿走！"

凤尾舔了舔油腻腻的手指，嘻嘻笑道："我去和他们聊天可不是瞎扯！我可是打探到了前方一直堵车的缘由！"

虽然心底无比好奇，但我还是端着架子"喊"了一声装作不在乎。

符桃倒是来了兴致："前面到底怎么回事？何时才能进城？"

凤尾看了看他，故作神秘地笑道："符公子想知道？"说着还颇为暧昧地向符桃靠了靠。

"嗯，我是挺想知道的。不过在下不好男色。"符桃笑眯眯，一本正经地说。

"噗……哈哈哈……哈哈哈。"看凤尾吃瘪，我没忍住一下子笑了出来。

凤尾没料到符桃这么直白，只得尴尬地看了看我干咳了两声："你笑什么！别打扰我说话的兴致！我刚在前面打听，听说这儿之所以堵车全是因为广陵知府的夫人和他那三房小妾！"

顿了顿，凤尾又接着道："听说，广陵知府近几日去金陵了，他那夫人和几房小妾在府里闲着无事打起了麻将。这本也没什么，只不过听说打着打着就打出问题了。大房没准是输急眼了，就说是二房藏牌，二房不服气就吵了起来。结果不知怎的三房又说四房和大房暗通款曲互相换牌也吵了起来。这吵着吵着就什么陈芝麻烂谷子的事全都互相抖了出来！什么平日不检点啦，每月老爷给发的银钱谁谁谁又动了手脚啦什么的。结果一气之下大房就命人备车准备去金陵找老爷告状，二房、三房、四房自然也不甘落后。一个个全都要去，一个个都想先下手为强，结果争先恐后地挤出城，挤着挤着就把城门堵住了！现在还搁那儿争着呢！这县衙的人又个个都不敢得罪，最后就苦了我们了！"

凤尾这么一口气说了这么一个发人深省的故事，我不禁感叹道："这真是一场麻将引发的惨案啊！你说说你们这些男子一个个娶这么多小妾可不是给自己找不痛快嘛！娶得少了，三缺一闲得无事成天只能钩心斗角！娶得多了，好不容易凑一桌麻将还是要吵！唉，将来我的相公要是敢娶小妾，我非得先下蛊毒死他！"

符桃颇有深意地笑了笑。

凤尾"喊"了一声翻了个白眼道："像你这样整个一妒妇加毒妇，谁敢娶你！"

我不以为意道："又没让你娶！像你这样的色坯还想娶上十个八个的，小心到时候有心无力，死都不知道怎么死的！"

凤尾叹口气道："唉！这你就不懂了，广陵知府本是想着享齐人之福，结果找的小妾一个个都像百花涧里的长老一样忒能借题发挥！所以这个故事告诉我们，小妾还是可以找，但是要找思维不那么活跃的嘛！你说是不是啊符桃？"

我瞪了一眼符桃，他看着我笑了笑倒是什么也没说。

直到戌时，我们一行人才好不容易进了广陵城，累得不行随意找了一间看着不错的客栈就住下了。

第四章

符桃牵着我的手穿过无数人流，
仿佛要走向时间的尽头……

好不容易到了客栈躺下，我却是如何都睡不着了。

晚上没有好好吃东西，以至于现在辗转反侧无法入睡。我一边骂凤尾那厮抢了我的鸡腿，一边想着素日在涧里的晚膳。左思右想更是无法入睡，正当我焦躁不已的时候，忽然听到了"咚咚咚"的敲门声。

我起身边想着这么晚了会是谁，边开了门。开门一看竟是符桃，他一手托着一个小蒸笼，一手负在身后自是风流。

他看着我的神色似是颇为意外，于是顿了顿道："我晚上没吃饱，这客栈背后有个卖翡翠烧卖的铺子，就去买了几笼。只是买多了，就带了回来。刚巧路过你这儿，便唐突前来问问你要不要吃一些。"

我一听口水都要流出来了，擦了擦嘴角忙道："吃吃吃！我要吃的！"说着便侧身让他进屋。

他看了看我，浅浅一笑便进了屋，将翡翠烧卖放在了桌上，随即倒了杯茶，坐了下来。

我往凳子上一坐，打开蒸笼伸手便去拿烧卖。还未拿到，符桃便用筷子敲了一下我的手。我连忙收回手摸了摸耳朵道："你干吗？不是后悔了不给我吃了吧！男子汉大丈夫一言既出驷马难追，你可是不能反悔的！"

符桃摇了摇头将筷子递给我，笑道："没有不让你吃，只是让你拿筷子吃，这烧卖还烫。"

我一听赶紧伸手接下了筷子，狗腿地笑道："嘿嘿！还是你思虑周全！"

我吃得正带劲，看他只是坐在那里不咸不淡地慢慢喝着茶，想着这怎么说也是他买回来的，便一边吃一边问他道："你要不要也吃一个？"

说着，我就用筷子夹了一个翡翠烧卖递到他的嘴边，他看了我一眼，愣了一下。我看他犹犹豫豫的，又道："你吃呀！真挺好吃的！"只见他无奈地笑了一下就着我的筷子吃下一个翡翠烧卖。

我满意地点了点头，笑嘻嘻地问他："没骗你吧！"

符桃看着我，眼中似有一丝不明的光彩闪过，嘴角含笑："确实美味。"

　　我看他今日似乎心情不错便又道："对了，你们折雪山庄是以双剑闻名的吧？听七公说你师父在江湖的地位很高，剑术十分高超，极少有人能敌。当今世上似是只有飞霜门那位神秘的现任掌门能与之一战了。那你的剑术岂非十分了得？可是为何我从没见你使过双剑呢？也没见你带双剑，反而你带的倒是普通的长剑。"

　　符桃笑了笑，一手拂袖，另一只手拿起茶壶倒了杯茶，放到了我的面前。他手指白皙骨节分明，动作行云流水甚是赏心悦目。

　　而后，他收回手顿了顿道："我会使双剑，也会使长剑。出门在外不宜暴露门派身份，所以我在外不使双剑。"

　　他笑了笑接着道："你对飞霜门也有了解？何以知晓飞霜门的掌门剑术高超？"

　　我喝了口茶淡淡回："不算了解啦！飞霜门向来神秘，我也只是道听途说罢了。你知道吗，现下江湖上的女子，小到刚会走大到九十九，都十分思慕飞霜门门主呢！云山下的张婶还为了他，死活要和自己的相公和离呢，说什么恨不相逢未嫁时！不过我也有幻想过他到底是个什么样子的！"

　　符桃依然嘴角含笑淡淡道："哦？当真如此受欢迎？那你幻想的是个什么样子？"

　　我一手拿着茶杯，另一只手放在桌上，手指轻轻地叩着桌子道："我猜肯定是个老头吧！传闻中他剑术那么高，这也不是一朝一夕能练成的。再说他那么神秘不肯露面，连个名字都不肯泄露，估计是年事已高，不想毁灭万千少女的美梦吧！真人说不定还没你好看呢，你不用羡慕！"

符桃笑意更深，点点头道："是，我确实不用羡慕。难得没药姑娘夸在下长得好看。"

突然意识到自己刚夸了他帅，感觉怪不好意思的，我红着脸抓了抓头连忙岔开话题道："哦对了，早些时候七公还提起过飞霜门呢。就是你来百花涧的那日，七公在云山上好像看见什么铜牌……"

我有一句没一句和他说着话，符桃听着，时不时若有所思地点点头。待我吃完，符桃看了看窗外起身道："时候不早了，没药姑娘早些休息，在下就不多作打扰了。"

窗外确实已是夜深，我道了声好便送他出了门。

后来，可能是因为吃饱了，心情甚好，我很快便沉沉地睡了过去。

一夜无梦，我睡得十分香甜。一觉醒来，已经是辰时。我起身收拾了下便下楼吃早饭。

一下楼，我就看见符桃独自一人在，见我下楼，他便招手让我过去。

我坐定问道："凤尾呢？他哪儿去了？还在睡吗？"

符桃一手拿着馒头，一手拿着汤匙搅着小米粥："他闲不住，一大早就出去了，说是去欣赏欣赏江南美女。你先吃早饭吧，吃完了我们一起去寻他。今天也该上路了。"说着将搅好的小米粥递到了我的面前。

我便就着小米粥拿着馒头吃了起来。小米软糯香甜，温度又被符桃搅得刚刚好，十分可口。

广陵城内有运河流过，许多商船都会在此停留，多有商贾在此交换货物和买卖。

此时城内正人声鼎沸，好不繁华。然而也为我们找凤尾增加了不少难度。在符桃的建议下，我们决定到最繁华的文昌阁附近去看看。

一路上人来人往十分热闹，我看着什么都觉得挺有意思。右边的弄堂里有老人在叫卖糖人，我不禁多看了两眼，这一看却是把符桃给看丢了。

我左看右看周围人头攒动，却始终没看见符桃，无奈之下只得继续往前走碰碰运气。可是没一会儿，我的视线又被路边一家小摊给吸引了。

小摊上的东西都十分精致，许多各式各样的镯子、项链、钗、步摇，还有许多我在涧里都没有见过的东西。我心下十分喜欢，便拿起了一对青玉制的头饰。这对头饰造型十分简单，是两朵海棠花的样子，每朵花下还带着两片叶子，背后是玉质的竖卡，虽然造型简单雕刻却是十分精细。

我欢喜地向卖东西的小贩问道："这个要多少钱？"

小贩连忙热情地道："姑娘好眼光，这是长安名匠打造的，只此一对。这是卡在头发上的，只要五两，很划算的！怎么样姑娘需不需要我给你包起来？"

我一听吓了一跳，五两可是涧里所有人几个月的伙食费了，连忙摇头放下这对头饰道："这也太贵了！不必了，不必了……"

就在这时，身后传来了清冷男声："给这位姑娘包起来吧。"

我扭头一看，竟是符桃，还未待我说话，他伸手就递了一个糖人给我，紧接着又从衣袖里掏出一张银票递给了小贩。

小贩麻利地拿了个锦盒将头饰装好递给符桃，符桃转身就将锦盒放在了我的手上。

我被符桃的大手笔惊得还没有反应过来，符桃便笑笑道："走吧，去找凤尾兄。这里人多，得罪了。"我还未来得及说话，他便直接牵起了我的手，走进了人流之中。

走出老远，我仍然还能听见小贩在冲我们道："客官慢走！"

周遭人来人往，川流不息，符桃一手牵着我，另一只手替我挡住周遭的人群，带着我缓慢前行。

这一刻在我眼里，似是时间都静止了。周遭的一切都变得无比寂静不复喧嚣，只有符桃牵着我的手穿过无数人流，仿佛要走向时间的尽头……我当下心中竟生出，若是能这样一直走下去该有多好的错觉……心下也是一惊。

待我反应过来之时，我们已经站在了一个人较少的临河拐角处。岸边杨柳依依，柳枝随风飘摇，偶有柳叶坠入河中，洒下潺潺涟漪。

符桃见我还在愣怔，便双手扶在我肩上轻摇："明姑娘你怎么了？可是有什么不舒服吗？"

我低下头，看着拿着糖人和锦盒的双手，将头低得更厉害，只盯着自己的鞋尖闷闷道："这糖人我收下了，可是这头饰实在太贵重了，其实我连这东西叫什么是怎么戴的都不知道……所以还是还给你吧。"说完便心有不舍地将锦盒递给了他。

符桃却是直接接过锦盒，朗声笑道："这叫华胜，是戴在头上的。"话音未落，我就感到有东西插入我额角两边的发髻里。

我十分惊讶地抬起头看着他，他用手轻轻理了理我额角碎发道："很适合你，戴着很是好看。"

我看着他不由得咽了咽口水，心底十分挣扎，很想问问他为何要送我这么贵重的礼物，却又怕自己是自讨没趣想太多，于是说出口就变成"真的吗……你不会以后后悔管我要钱吧？"说完，我差点儿后悔得把自己的舌头咬下来。

他无奈地笑了笑道："我送出去的东西，从来没有后悔一说。"

我又看了看他狐疑道："你怎么那么有钱啊……不会是……"

还未待我说完，符桃摇了摇头，无奈扶额道："你脑子里都装的什么？我真想敲开来看看，离开折雪山庄前师父给了我一些钱，以备不时之需，我平时没什么需要花钱的地方，不大用得到。"

一听他说要敲开我的脑袋看看，我赶紧极没骨气双手抱着头道："嘿！你们折雪山庄还真有钱哈！那就这么说好了，你以后可不能反悔要回去。我可是一定不会还的！走走走！我们快去找师兄！"

未待他回话，我便急匆匆地转身小跑起来。

未跑几步，就听见符桃在身后温柔地叫我："明姑娘。"含笑却还是那般清清淡淡。

我堪堪定住，十分娇羞地缓缓回头，眉眼低垂小声嗫嚅道："什么？"

他看了看我，嘴角笑意更浓，十分淡定地说"你走错方向了。"

……

我当即囧得差点儿一头栽进河里。

第 五 章

是金子早晚要花光的！

文昌阁立于瓜洲渡边，岸边芍药竞相绽放，极是艳丽。整个文昌阁建于青色石阶之上，一面临水，四角只余四个朱红漆柱，阁外四面皆挂着秀玄边的绛红色锦帘，廊檐外四角挂着青色铜质风铎。风从檐外涌入，锦帘微颤，风铎叮铃。

只是，此时的文昌阁被人围得水泄不通，可是即便如此，我还是一眼就看见了人群中的凤尾，毕竟他那一身花衣实在是太过显眼。

我费力地挤进去，一把拉住凤尾："你干什么呢？这里怎么那么多人啊？"

凤尾回头看到是我嫌弃地翻了个白眼，但视线一转看到我身后的符桃立刻惊喜道："哎，你们来得正好，我出门走得急你们身上带钱了吗？"

我感到莫名其妙："你要钱干吗？"

"你先给我！"

"不说算了，要钱没有要命一条。"

一听我这么说，凤尾有些急了："别呀！说说说，小姑奶奶我说还不行嘛！你知道这里为什么围了这么多人吗？"

我朝天翻了个白眼，没好气道："我不是算命的。"

"那可是因为文昌阁里有大美人在弹琴卖唱！所以你借点儿钱我吧。"

"文昌阁里有美人弹琴跟你要钱有什么关系？你就是想给她钱也得先进了文昌阁再说吧！你看看这儿被围成这样，哪里还能进得去？况且我身上也没钱。"

"嘿！我说你身上没钱怎么还那么多话。"凤尾白我一眼，又立即转向符桃。

符桃倒是没说什么就从袖子里掏出了一些碎银子给了凤尾。

嘿！态度变得可真快，前一分钟还管我叫小姑奶奶呢！

我无奈地看了符桃一眼道："你给他钱做什么，还不知道他打的什么歪主意呢。"

符桃淡淡地笑了笑，理了理袖子："我倒是也想看看，引来这么多人的绝色美女长什么样。"

哼！果然男子都是好色之徒、一丘之貉！我刚想表达一下心里的不满，人群中忽然开始骚动，并且迅速蔓延开来，大家都从阁里争先恐后跑出来哄抢着什么。

我仔细一看，凤尾那厮正站在文昌阁的边上撒钱！真是个疯子！

大家都跑着出来捡钱了，文昌阁里面倒是一下子空了，凤尾站在台阶上向我们招手，示意我们快点儿进去。

我随着符桃一面朝文昌阁里面走一面抱怨："什么绝色美人！我一点儿都不想看！"

"那你还进来？"凤尾故意酸我。

"我……我……这可是花了钱的！自然要进去看上一看！"

说着，我们三人便一起进入了文昌阁，我倒要看看是个什么样的绝色美人！

美人是挺美的，不仅美，我和这美人还挺熟。

废话！我师姐能不美嘛！看着眼前的素衣女子，我和凤尾异口同声惊呼："木枝师姐！"

木枝师姐似乎也没想到会在此遇见我与凤尾，一时间也惊讶得说不出话来。

符桃看了看愣住的我和凤尾，一头雾水悄悄附在我耳边问："你们认识？"

我回过神来，小声对符桃道"木枝师姐是百花涧师祖的孙女，和我与凤尾自小在百花涧长大。早些年木枝师姐爱上了一位青玉楼的杀手，可掌门不同意她与那位男子的婚事就将木枝师姐逐出了师门。我当时还小，具体的情况记不太清了，只记得当时这事闹得挺大，掌门特别生气。"

符桃了然，点了点头开口打破了僵局："这里人太多，多有不便。既然是故人，便到别处一叙吧。"

于是四人一起，趁外面众人还在埋头捡拾哄抢铜钱，一溜烟离开了文昌阁。

初见师姐的惊讶心情渐渐平复下来，我犹豫了一下开口向木枝师姐道："师姐你这些年都到哪里去了？你过得……可是你怎么到广陵来了？"

其实我很想问问师姐她过得好不好，可见木枝师姐的穿着打扮和在文昌阁卖唱来看，她一定是过得不好的。

"是啊！师姐一别多年，不料还能再次相见，师姐来广陵可是有事？"凤尾也忍不住了。

木枝师姐似乎有什么不愿说的隐情，她含含糊糊地只说自己是经过广陵，现在马上就要坐船离开了。

我和凤尾对视了一眼，心知师姐肯定是搪塞我们，想开口挽留却又不知该如何开口。

我欲求助符桃，却看半天一句话都没说的他倒是一直盯着木枝师姐的手看，我心下十分不悦道："阿桃！你干吗一直色眯眯地看师姐的手？"

我这么一说，大家都齐齐盯向符桃。

符桃倒是镇定自若，神色如常道："木枝师姐手上的珠串倒是极为漂亮。"

我："……"

凤尾："……"

木枝师姐不甚在意，随口答道："哦，这是爷爷留给我的。"

符桃若有所思地点了点头。

木枝师姐似是急于脱身，我和凤尾看师姐实在不愿多说看上去也心急如焚的样子，也只得送她离开。

我们一起将木枝师姐送往码头。临别前，符桃从衣袖里掏出了一张银票，交给木枝师姐。木枝师姐可能真的是急需用钱，并没有推辞，只是坚持将来会亲自还上这笔钱。

我看符桃的衣袖似乎像个聚宝盆似的，忍不住伸手摸了摸头上的华胜，想来符桃他应该还挺有钱的，于是直接将手伸进他的袖子又抽了几张银票出来，转身直接塞给了木枝师姐："师姐，你还是多拿些银两吧！以后再还上便是！"

符桃扭过头来，似是有话要说。还未待他开口说话，我便急忙朝他道："是金子早晚要花光的！"

符桃扶额……

好不容易将师姐送走，天色将晚，我们自吃过早饭后便滴水未进，确实饥饿难耐，便决定先找个地方吃晚饭，休息一晚明日一早再起程去金陵。

夜色渐浓，下起了淅淅沥沥的小雨。广陵城内灯火通明好似笼在水雾之中。两边的楼台临立，廊檐高翘，明红色的灯笼在烟雨之中微微轻晃。

来往人群熙熙攘攘，神色恬淡，让人看不真切。

小巷幽深，充斥着茶社里说书先生惊堂木的敲击声，小饭馆里小二的叫卖声，歌楼里卖唱女子婉转、低沉的歌声……

我们冒着小雨一路小跑，随便进了一家酒楼。

刚进门，酒楼里的小二便一脸热情地迎了出来。待我们坐定才发现，这竟是广陵一家十分有名的酒楼。楼内人声鼎沸，觥筹交错。酒楼中间，圆台之上，年轻的花旦头戴五色珠冠低眉浅唱，一旁的小生与他执手相对缱绻万千，引得周围食客阵阵欢呼。

我心下很是兴奋，当下招手叫来小二，点了几道菜，其中还有几个早想尝试却碍于价格颇高一直没敢点过的。想着还有符桃和凤尾，特意替他们要了一小壶广陵名酒五琼浆。

酒足饭饱之后，我舔着嘴角窝在凳子里，满意地摸着自己圆滚滚的肚子道："这道拆烩桂鱼真是不错，就是刺太多了；这狮子头、千层糕也都极是美味的。"

凤尾颇为赞同地点了点头："广陵城内的名吃确实名不虚传，想我们这一路还真是挺顺利的！"

然而，我们都没有料想到极度的不顺利原来都在后头。

符桃看了看我俩："时间也不早了，明日一早还要起程去金陵，早些回去休息吧。"

我转念一想也是，便叫来小二结账。小二十分迅速地跑了过来，满脸笑容地道："几位客观，吃得可还满意？您一共在小店消费五十两！"

"满意，满意。"我一边答应一边看向符桃，左右见他竟毫无反应便伸手向他道，"阿桃！五十两。"

符桃手持碧色瓷杯，薄唇贴着杯沿正欲饮茶，见我伸手先是一愣，旋即放下瓷杯淡淡道："眼下在下可是身无分文。"

我一听当即坐了起来，以为他是为了今天花了他许多银钱而闹情绪，便讪讪道："你可别骗我，现下可不是闹情绪的时候！"

符桃看看我，拍了拍衣袖，依旧是那副嘴角含笑的样子："今日，木枝师姐临走之时，你不是将我所有的银两全都给了她。"

我当下大惊失色道："全部银钱？你怎么不早说！"

符桃嘴角笑意更浓，颇为无奈道："我是想说，可是你却没给我这个机会。再说我看你一进酒楼，点菜点得那般爽快，以为你身上还私藏了些银钱。"

我一听心下恼火不已："我像会私藏银钱的人吗？"

然后，凤尾和符桃不约而同一起深深地点了点头。

我当下十分无奈想暴揍他俩，但是眼下还是有必要好好解释解释了，便对他俩道："我之所以点菜点得如此爽快，还不是因为以为是阿桃出钱嘛！凭我，哪敢点这些菜！"

符桃："……"

凤尾："……"

站在一旁的小二此时却是如何也按捺不住了，脸色说变就变，一手叉腰一手指着我们极为恼怒道："我算是看清楚了！看你们一个个衣冠楚楚，没想竟是来吃霸王餐的！你们一个个别想跑！"言罢转身冲着另一个伙计喊，"赵六！快去衙门请人！"

这一嗓子不但引起了整个酒楼食客的关注，还招来了酒楼里的酒保、账房、跑堂，连后厨的厨子都拿着菜刀冲了出来……

我心下顿时深感不妙，被围观还事小，若是被官府抓去……那百花涧在江湖上可是丢人丢大了，七公和掌门定是不会轻饶了我！这还不算，万一被关进狱中，赔钱也就罢了，现在官府这么黑，说不定七公还要花更多的钱才能将我们三人赎出来……

思及此，我当下确定不能如此坐以待毙，火速抬头看向凤尾，瞬间，我俩已经用眼神交流了好几个来回。

此时，正好符桃开口："这位小哥莫急……"

我一看所有的目光都被符桃给吸引了过去，心下想这可是绝好的时机，与凤尾对视一眼后，一把拉起符桃飞身跳起，凤尾也紧随其后，冲了出去。

第六章

七公从小对我做人的要求很简单，
那就是：脚踏实地，有担当。

我们才将将跑到酒楼门口，就见远处大批衙役举着火把正朝这边走来。

我与凤尾对视一眼，未作多想转即向反方向跑开。那电光石火的对视间，我们彼此明白对方的意思，所以准备各自绕着金陵城跑上一个半圆，跑出一个圆形，这样就刚好可以在城外相遇，再双双携手潜逃去金陵……但是，我却忘了凤尾是个路痴的事实……

身后，衙役和酒楼掌柜的叫喊声此起彼伏。我拉着符桃，一路不敢有丝毫停留穿过重重人群，烟雨朦胧之中我们与城内灯光背道而驰，向着城外一片漆黑之中奔去。

直至城外的一片山林之中，我是如何也跑不动了。缎面的绣鞋早已被雨水浸透，鞋底边满是泥土，裙裾上也粘满了枯枝残叶；额前碎发被雨水打湿，黏在满是汗水和雨水的脸上，狼狈不堪。

我一手撑着大腿，弯着腰双腿半蹲，另一只手朝符桃摆了摆喘着粗气道："不行了……我这是……是如何……也跑不动了。"说罢，我就着袖子在脸上抹了抹，拨开黏在脸上的碎发，抬起头满眼愁苦地看着符桃。

跑了这么久，符桃的软底云纹靴也早被雨水浸湿，粘满了泥土；黛色袍子上也粘满了枯叶，发丝凌乱都被雨水打湿。但即便如此，他气息却是丝毫未乱，不见一丝狼狈。

他看着我的样子摇了摇头，一如既往嘴角含笑，上前一把便将我扶到一棵树下："你先在这儿歇歇，我去前面看看你这是把我带到哪儿了。"说罢，他贴心地替我系好奔跑中散开的裙带，便潇洒地转身往林子深处走去。

我已经累得半死，点头应允，丝毫没意识到这深夜的荒郊野外，是个危险丛生之处。

我靠着这棵不知名的树，慢慢顺着树干滑坐下去，蹲坐树下喘着气。

我仰起头，空中残月如钩被隐于云雾之中，连一颗星星也没有；细雨蒙蒙的山林之中一片朦胧，看不真切。细密的雨水柔柔地落在脸上，使我放松了不少。

正当我想着能松口气的时候，只见不远处人影幢幢，隐约有人正在寻找着什么。

我当即心下感叹：我的天，就为一顿饭钱，广陵县衙的人也太尽职尽责了吧！

万分无奈，我只得立马起身，却隐隐地觉得不太对劲。转念一想，于是我轻手轻脚地将自己的身影藏在树后，想看看到底是怎么回事。

这一看却是不得了——只见五个黑衣蒙面男子手持长剑，正团团围着一位浑身是血的男子。男子满脸血污，衣裳早已被血浸透，看不出原来的颜色；他背靠着一棵云杉，鲜血顺着云杉的树干缓缓淌入土中。

受伤男子面色苍白，身上的斑斑血迹在雨水的冲刷下也顺着垂落的手一滴一滴地落入泥土之中，身下一片血红。他另一手按着胸口，面色惨白似是强忍着疼痛。

我素日哪里见过这样血腥的场面，惊魂未定下意识转身欲走，却不料脚下一滑，跌倒在地。

这下动静确实不小，连同那位满身是血的男子在内的六人齐齐回头看着我。

我心下突突直跳，想着这还不如被官府抓去呢，至少还有命活！我正想立刻呼救把符桃招过来，也管不着他武功到底好不好以一抵五胜算多少。

正当我盘算着胜算的概率之时，只见那几个蒙面人互相使了个眼色，其中两个便齐齐向我走来。

　　我当即不敢再作多想，连忙起身拼命向符桃刚刚离开的方向跑去，边跑边忍不住心下暗叹：在涧中养成的好奇之心，委实是个陋习！这一好奇不要紧，怕是今日连命都要交待在这荒郊野外了！

　　背后的火光越来越近，雨势越来越凶。我一步都不敢停，只能直直地向前跑。脚下山路湿滑，我踏着深深浅浅的水坑举步维艰，一面拨开横在面前的树枝，一面奋力向前。枯枝划过脸颊，汗水和雨水浸在脸上蜇得我生疼。这一分神，我便滑倒在地。

　　待我挣扎着站起来之时，只见刚刚还在远处的火光如今却是近在咫尺。我当下思忖着，左右跑是跑不过了，还是寻个地方藏起来，指不定还有一线生机。

　　我正左看右看想着该往哪儿藏时，忽然树林暗处伸出了一双手，一只手越过我的胳膊揽住我的腰，另一手捂住我的嘴一把将我揽到阴影之中。

　　我心下大惊，立马用尽全身之力使劲挣扎起来，想呼救，奈何嘴被捂住只能发出呜呜的声音。

　　正当我准备破釜沉舟，低头用后脑勺猛撞身后之人的时候，耳边却传来了十分低沉的清冷男声，虽然声音十分微弱却是十分温柔熟悉："别怕，是我。"

　　我立刻停止了挣扎，此时火光已至我们身后，我紧闭双眼连气都不敢出，屏着呼吸一动不动。符桃揽着我也一动不动，隔着湿透的衣衫，我却依然能感受到他身上的温热和强有力的心跳。

我们离得这样近，周身萦绕着他身上淡淡的白芷花香还有一丝酒气，让人莫名安心。

直到火光渐渐远去，符桃才慢慢松开我。他伸手扶住我的肩膀轻轻将我转了过来，与他相对。

雨势渐小，山中雾气也渐渐消散，月亮从云中蹿了出来。

借着月光，我们才彼此看清楚对方。

他见我浑身是泥衣衫凌乱，连头发都是散乱不堪，脸上还带着伤，眉头微蹙眼中似是流露出一丝心疼，轻轻责问道："我才离开你一会儿工夫，你怎么就把自己弄得如此狼狈？"

我眼中逐渐氤氲起了薄薄的雾气，强忍着害怕与委屈，一手用力地抓着他的前襟，一手使劲地揉着眼睛，拖着浓浓的哭腔道："你跑到哪里去了……"

他见我委实吓得不轻，双手轻轻将我揽入怀中，用手顺着我的头发。头顶上传来他轻柔的声音："不要怕，我在这里，已经没事了。"

我将头埋在他的胸前，脑中忽然闪过那名浑身是血的男子身影。

我蓦地抬头，差点撞上他的下巴。

我急促地扒着他的手肘道"刚刚追我那几个人不是衙门的。"

见我情绪转变得如此之快，他愣了愣随即轻笑道："你可真是个孩子。"

我看他一脸不在乎的轻笑，想他必然是不知晓这事情的严重性，于是将刚刚所见之事与他从头到尾说了一遍。

符桃听后若有所思道："如此说来，你是正巧撞见别人杀人，于是凶手便想杀人灭口？"

我用力地点了点头。他上下打量了我一番，眉头紧锁道："如此看来情况似是不太妙。"随即话题一转，又轻柔地问我，"除了脸上的伤，身上可还受了伤？"

我连忙摇头说没有。

符桃点了点头又道："若是有哪里不舒服，记得说与我听。"

我点点头，想起那个浑身是血的男子，犹犹豫豫道："那个男子怎么办呢？我们要不要回去看看他……他……"

这深夜里我连自保都有些困难，也着实不想让符桃涉险，可是那名男子浴血而战不肯屈服的样子又让我挥之不去。

符桃看着我，捏着袖角用袖口内侧轻轻在我脸上的伤口周围擦拭："你方才是无意出现，想必他们也始料未及。这会儿再回去，他们必然是不会在原地等你找了人再寻过去的。夜深了，山里并不安全，你也受了些伤。我刚刚在前方查看，这里地处广陵与金陵交界处。如今广陵城是回不去了，夜深赶路也不太安全。前面有个山洞，我们今晚先去那儿凑合一晚，整理整理明日一早出发去金陵。你若是不放心我明日陪你去那个地方再看看可好？"

他说得句句在理，我也着实没有更好的办法了，于是只得同意与他一起去前方的山洞。

　　符桃在山洞内生起了火堆，我搓着手烤火，终于感到暖和了一些。

　　符桃却是一刻也没闲着，他在洞口勘察了许久后，从前襟掏出一个极小的圆形球状物，将它抛向了空中，顿时空中划过一道白烟，若不细看，极像是山中的烟雾。

　　我看着十分好奇，立马起身跑了过去，看了半天也没看出个所以然，便问道："阿桃，这是什么信号之类的吗？"

　　符桃看了看我，蹙眉道："去那边坐着，不要乱跑。"言罢，便一手扯着我的后衣领，将我拎到火堆旁边。他一边伸手将摆在一旁的枯枝丢进火堆里，一边言简意赅，"那是求助信号。"

　　我心下赞叹，折雪山庄不愧是三大剑派之一！

　　其实，江湖上一些较大的门派都有自己独特的联络方式，以备不时之需，就像百花涧有传音蛊一样。

　　果然，不到半盏茶时间，洞口就来了一位拿着包袱的紫衣女子。她丝带束发，将所有头发都束在脑后只扎一个独辫，英气逼人，一看就是自小习武长大的。

　　她一见到符桃，当即毕恭毕敬地鞠躬道："门……公子……"

　　看这架势，我心中暗叹：符桃的地位在他们折雪山庄还蛮高的嘛！这位女子对符桃竟是这般恭敬。

　　未待她说完，符桃便起身了："不必了。"言罢伸手接过了女子手上的包袱，转身递给我淡淡交代，却是不容置喙的语气，"先去把湿衣服换了。"

其实我此时十分想留在这里，听听他们说些什么，也好猜测猜测这女子与符桃是个什么关系。但是看着符桃神色坚决，我只好伸手拿过包袱，极不情愿地往洞里走，边走边伸长了耳朵听他们在讲什么。

我听了半天，却也只听见符桃叫那女子阿灵，别的什么也没听清楚。我躲在洞中一块巨石之后，偷偷看他们，也只能看见那名唤作阿灵的女子几次想要说些什么，却最终都被符桃摆手制止，只能作罢。

最后那名女子直直地朝我藏身的方向看过来，又看了看符桃，一副欲言又止万般不爽的样子转身离去。

被她这么一看，我倒有种做贼被发现了的感觉，连忙退回岩石之后，拍了拍胸口，打开了包袱准备换衣服。

包袱里除了一套浅水红色女裙一套蓝色男装外，还有些伤药和一千两银票。我心下不禁感慨，折雪山庄的信号功能还真是强大！不仅能招来人，连需要些什么也能从信号中看出？但是再仔细琢磨了一下，我立马就不淡定了——我拿着那一沓银票直接从岩石之后冲了出去，气愤地向符桃嚷嚷："阿桃！你一个信号就能随随便便招个人带钱过来，为何在广陵的时候不直接招个人送钱过来？现下我都成了这副德行，才招人过来，你存的什么心啊你！"

符桃先是眉头微蹙，随即似是没忍住"扑哧"一声笑了出来：

"我当时是想说来着，可是还不待我和那小二说清楚，你就一把拉着我跑了，也没给我说话的机会啊！"

我立马被噎得没话说了。

我："……"

我再仔细那么一想，还真发现了一个问题——眼下我这么倒霉多半还真都是我自个儿整出来的。

七公从小对我做人的要求很简单，那就是 脚踏实地，有担当。思及此，我当下十分不好意思，心虚地低着头道："那啥我……我先去换衣服去。"说完扭身一溜烟跑了，留下符桃在身后无奈地笑。

整整折腾了大半宿，我好不容易才将自己拾掇好，又好不容易躺下休息，可感觉没一会儿就被符桃叫醒了。

我极不情愿地揉着眼睛坐起来，脸上的伤似乎也已经被符桃处理过了。蒙眬中，符桃一袭蓝衣仍是说不出的风流、潇洒。

符桃看着我，伸手递给了我几个野果子道："吃点儿东西我们就出发吧，我们出来快一周了，再不去金陵七公会担心的，金陵那大户人家也该以为我们毁约了。百花涧的招牌可别砸你手上了。"

我一听，符桃这厢说得头头是道，我竟无力反驳，只得十分配合地悻悻起身，准备起程去金陵。

去金陵之前，我们又去了昨日看见那名浑身是血的男子的地方，可是我竟完全忘记了自己跑过来的路线，后来还是符桃根据蛛丝马迹和他与我分开时的大致位置找到的。

　　然而这里早已什么都没有了，要不是看到地上那摊浅浅的血迹，我都不能确定这就是昨日的事发之地。我们在附近又找了找实在没什么线索，只得放弃，起程去金陵。

第 七 章

我看那姑娘被你迷得五迷三道的，
连魂儿都没了。

这山林之中，我们处的位置委实尴尬。

广陵和金陵都是颇为繁华的江南大城，之间距离又不是特别远，以至于这两城之间也就没有什么客栈酒馆之类的。实在找不到马车，我俩只能徒步去金陵。

虽说我们已经在广陵和金陵的交界处，但这真正走起来却整整走了一天。

这一路上我总觉得少了些什么，可又实在想不出来，只得作罢。

当我和符桃站在金陵城城门前的时候，我已经快瘫倒在地了。从广陵走到了金陵，我感觉已经用光了这辈子的力气，脚都不是自己的了。

　　已至日落时分，大片粉橘色晚霞似是将整个金陵城都镀上了一层薄薄的黄金，正如金陵二字给人的感觉那般雍容华贵。

　　远处，秦淮河两岸，歌女凄婉的卖唱声远远传来，仿佛在诉说着一段段缠绵悱恻的爱情故事。雁自回巢，从手提竹篓匆忙回家煮饭的妇人头顶飞过，掠过挑着扁担叫卖汤包的小贩，消失在天际。这静谧景色让人心醉，直叫人沉溺于这座城中。

　　然而每见繁盛必感凋零，看着金陵城内的迷人景色，我不禁感慨当初我们三人一同从百花涧出来，现下就只剩我与符桃二人。

　　这么一想，我倒是忽然想起我为何来金陵的一路都觉得少了些什么！

　　我们把凤尾那厮给玩丢了。与他分头行动之后发生了许多意料之外的事，倒是将他忘得一干二净。

　　我顿时心生愧疚向符桃道："阿桃，那啥……我们貌似是把凤尾玩丢了，怎么办？"

　　符桃看了我一眼，摇了摇头似是心中早有计较道："无妨，我们既然已经到了金陵，那么既来之则安之。凤尾一向机敏，若是寻不见我们，必然会直接来金陵找我们的。眼下天色将晚，我们先去寻那户人家吧。"

　　我心下一想也是，便点头与他一起去寻那户孟姓人家。

　　这走了一路，终于到达传说中的孟府，府中男主人便是江南巨贾孟贤三。

刚到府门前，我便被孟府的富贵震撼到，门楣上挂红色鎏金边门匾，上面用楷书写着"孟府"二字，颇具风骨，一看便是出自名家之手。大门为三间五架屋宇门，刷朱色漆。两旁的朱红木柱上带石质斗拱，当心间为断砌造，是为了便于车马出入。

我与符桃未作多想便前去叩门，开门的是一位青年男子，待问明我们的来处和来意便十分热情地将我们迎了进去。

一进孟府便是典型的南方庭院。院内有人工堆砌的大型土石山和万松岭……山峦环列，还有各种池沼与山石形成完整的水系和山环水绕的态势。名花异木更是随处可见，奢华无比。

我站在符桃身边偷偷扯了扯他的衣袖，他看了看我微微低头侧耳在我嘴边，我压低声音感叹道："这家人真有钱，园子建得这样豪华。"

符桃点头轻笑，在我耳边轻轻道："确实精妙，堪称萃天下之技艺。"他的气息就吐在我的耳边，那样近，我不禁红了耳根子。

在符桃略带戏谑的眼神中，我一路再不敢多话。

在青年男子的指引下，我们很快到达了主厅。

主厅之内的装潢依旧是十分考究。正对门口雕刻精细的梨花木椅上坐着一位气宇轩昂的中年男子，男子旁边端坐一位体态丰腴、雍容华贵的妇人。

男子与女子皆着锦衣，锦衣上花纹繁复做工精美；男子缎带束发，缎带之上镶着墨绿色翡翠，女子则是头戴玉制花钿和金制步摇，长裙迤逦。一看便知是这府中之主孟贤三和他的夫人了。

见我与符桃二人前来，二人便随即起身，前来相迎。

男子伸手相迎请我与符桃坐下并命人看茶，随即与夫人坐回主位之上，满脸笑意地对我和符桃道："二位从百花涧千里迢迢，不辞辛劳前来。孟某不胜感激。"

我当下正心想着这一路还真是不辞辛劳，就听见符桃对答如流的清冷声音："孟老板严重了，在下符桃，这位是明没药明姑娘。我们受百花涧掌门之命前来为令千金解蛊，此次也必当竭尽全力。"

我连忙点头称是。

孟老板颇为欣慰地点头笑："如此便劳烦二位了，孟某先行谢过了。"

言罢，孟老板便望向身旁的女子向我们道："这位是在下拙荆孟刘氏，一会儿就由她给你们安排住处。小女的情况也会由她向你们一一说明。在下还有些生意上的事情尚未处理完，便不在此多作停留了，有任何需要直接告诉夫人即可。"言毕又向周围侍从交代了几句，便拱手告辞。我与符桃亦是起身相送。

我心里正嘀咕着"这孟老板还真是忙啊！分秒必争地弄着生意上的事情，连自己女儿的事也全都交给自己的夫人，怪不得富得流油……"便感觉符桃轻轻用手肘撞了我一下问道："如何？"

我一头雾水，回问道："什么如何？"

符桃顿了顿，看了看孟夫人，神色略显尴尬，轻咳两声向我道："孟夫人刚刚说现下天色已晚，也不便前去看孟小姐的情况，不如随她一起去用些晚膳，她顺便将孟小姐的情况说与我们听听，明日一早再去看看孟小姐的情况。你意下如何？"

我一听晚膳二字，哪里还能有什么意见，扭头便正经向孟夫人道："夫人思虑周全，如此甚好。"

符桃像是一眼就看穿了我的小心思，嘴角牵出一丝笑意。

孟夫人带我们去了临水一个十分雅致的小亭。

刚刚坐下没多久，就有婢女鱼贯而入，不一会儿就摆了满满一桌菜。

天色早已黑透，但是孟府内还是灯火通明。小亭边石笼里烛火摇曳，池中荷香袭袭，伴着晚间清凉的风吹入亭中，倒是十分风雅。

我边吃心里边默默地感叹，这有钱人还真不是一般的会玩情调啊！

孟夫人从头到尾都并未拿起筷子，只是一直热情地推荐菜色，让我们别急，她家闺女的事吃完再慢慢说。符桃也只是对每道菜都浅尝辄止，就放下了筷子。如此一来，虽然我很想好好吃一顿，但实在不怎么好意思大快朵颐了，吃了个半饱后只得恹恹地放下了筷子。

婢女们很快撤走了盘子，上了些精致的糕点和花茶。

茶色清澈，馥郁浓香，我当下便迫不及待地小口小口地品了起来，十分开心地看向符桃，想和他分享这么几天以来好不容易才有的愉悦之感。

符桃并未与我对视，倒是看着孟夫人淡淡道："夫人，现下可否方便将令千金的情况说与我们听听。"

孟夫人看了看我们："这是自然。"接着又十分忧愁地叹气，"唉，我就只有这么一个宝贝女儿，名唤孟紫苑。她自小就是一个十分乖巧听话的姑娘，这么些年来也一直很听我的话……"说着说着眼中蓄满了泪水，强忍悲伤地接过一旁婢女递来的手帕擦了擦眼睛。

顿了顿，孟夫人又情难自抑地微微颤抖着叹了口气道："前些时日，紫苑她不知为何就忽然昏睡不醒了，看着就像是睡过去了一样，可是却怎么叫都叫不醒。我立即就遣人请来了城中最好的大夫，结果大夫也看不出个所以然来。我还请来一位道士驱邪，结果也没有任何效用。后来听人说起，这种情形可能是被人下蛊了，便冒昧请你们前来一试，若能治好我的女儿我必当重谢！"

我一看孟夫人，她那样子很是激动估计马上又要不能自已了，连忙用手推了推符桃，露出一副泫然欲泣的可怜模样。

符桃似是拿我没办法，摇了摇头，紧接着对孟夫人道："孟夫人且放心，若是令千金确是中了蛊毒，百花涧自当竭尽全力为她解蛊。"

孟夫人一看符桃沉稳可靠的样子，似乎是揪到了一根救命稻草，连忙收起自己的情绪感激道："好好好，那便先在此谢过了。"

饭后，婢女带我们去东厢房休息。

一路廊腰缦回十分曲折，我与符桃跟着婢女转来转去。我不禁感叹这有钱人家还真是能折腾啊！

走着走着，我便觉得脖子和露在外面的一截手臂怪痒痒，一抓才发现都是被蚊子咬的一个个大红疙瘩，痒得不行了。

符桃看我一直使劲在双臂上挠来挠去，胳膊都给自己挠红了，眉头微蹙一把抓过我的手道："跟自己过不去？"

我使劲抽手，欲再使劲挠挠以解心头之痒，谁料符桃却是用力将我抓得更紧。

我看了看他委屈道："你快放手啊，我都痒死了！原先还想着在亭子里吃饭多风雅呢！结果被蚊子咬成了这样！"

符桃看着我，丝毫没有松手的意思，他浅笑道："是呀，你果然是附庸风雅啊！"

我："我……"

符桃看我生生把到嘴边的话憋回去的样子，似是十分满意地笑了。

紧接着，他对在前方领路的婢女道："姑娘，请问离东厢房还有多远？"符桃还是那副微微浅笑，迷死人不偿命的样子。

那姑娘顿时红了脸，低声道："叫我小菊就好了……东厢房就在前面了，转个弯亮着灯的第一间和第二间就是了。"

符桃点了点头："如此我们自己去就可以了，但还有一事想请小菊姑娘帮忙。"

那姑娘一听连忙道："公子有事尽管吩咐。"

符桃淡淡笑道："刚刚在来的路上看见旁边院子里种有薄荷叶，劳烦姑娘去采两片，送去第一间厢房即可。"

小菊姑娘听罢又急忙道："好，我这就去。"说罢便转身去了刚刚经过的院子。

我对符桃这种出卖色相的行为十分不齿，当即瞥了他一眼。

符桃倒是无甚反应，拉着我就去了东厢进了第一间屋子。刚坐下，那位小菊姑娘就来了薄荷叶，她进屋看见我也在，又看了看符桃对她毫无反应，便十分遗憾颇为不甘地走了。

小菊姑娘一走，我便没好气地对符桃道："你真是江湖女见愁啊！我看那姑娘被你迷得快连魂都没了。"

符桃一边只手扭碎薄荷叶一边将我的胳膊牢牢摁住，将薄荷叶的汁水滴在我被蚊子咬过的地方，用手轻轻揉着我胳膊上的红包，不置可否地浅笑道："谢谢夸奖！"

被他用薄荷叶这么一揉，胳膊上的包确实没那么痒了，心下也没那么烦躁了。我懒得和他斗嘴便道："你少臭美了。不过这薄荷叶还真挺管用哈，快……快给我脖子上也来点儿。"

符桃无奈地摇了摇头，直接将手伸到了我的领口，轻轻将薄荷的汁水揉在我的脖子上。

我一抬头，刚好撞上了他似笑非笑的眼神，四目相对，我顿时觉得十分不好意思，大晚上的孤男寡女，这姿势委实引人浮想联翩。

我急忙伸手抓住了他放在我领口的手，还未待我做出反应，只听见门口传来去而复返的小菊的声音："符公子，夫人让我给您送些夜宵来，您还没睡吧？我进来了？打扰了。"

我下意识地就想把手抽回来，谁料符桃却一把反捏住了我的手。我心下大惊，连忙起身准备反抗，这一慌就不小心踩到了裙角，身体向前直直栽倒在了符桃的怀里。

我："……"

这下这画面可是更引人浮想联翩了！简直就是一对浓情蜜意的小夫妻互相调情嘛！妻子的手握着丈夫的手放在胸前，丈夫的手环抱着妻子的腰身，两人四目相对欲说还休……

房门就是在这时候被打开的。

那名叫小菊的婢女本是一片柔情似水含羞带柔地推开房门，看见我俩，当下就惊得大叫了一声，怨愤地看了我俩一眼转身跑掉了。

我连忙起身推开符桃："你干吗！"

符桃倒是一派淡定坦然地答道："我本意只想借你的手一用，将那姑娘打发了，没想到你却是这般主动地投怀送抱。"

我一听竟不知如何作答，符桃总是说什么都处处在理让我无从回嘴。于是我瞪了瞪他，只得转移话题道："那小菊姑娘这么走了，怎的也将那夜宵带走了。"

符桃当下很是无奈，用手按着太阳穴："罢了罢了。你就住在这一间吧，时候不早了早些休息吧。"

　　我听他言下之意是要去隔壁休息了，心下大喜，想着不用再和他在这屋待着了，能避免尴尬，便急忙向他道："快去快去！明天早上记得叫我啊！"边说边把他推向门外，顺势关了房门。

　　背靠着房门，我缓了一缓才起身去睡觉。躺在床上，总是不由自主想着刚刚的事，一想就觉着脸烧得发烫。

　　这一夜辗转反侧，一直到最后也是睡得极浅。

第 八 章

可能和你一起待久了，
思维越来越活跃了。

一大早，我就听见门外"咚咚咚"的敲门声，懒得理会，又翻了个身继续睡。

怎奈门外的敲门声太过执着，仍旧是不紧不慢的，每隔一会儿就"咚咚咚"敲三下。

这样的敲门声虽是极有涵养，却着实让我生厌，一听就知道是符桃。

终于，在催命一般的敲门声中，我磨磨叽叽地起来开了门。

符桃一脸神清气爽怡然自得的样子，嘴角含笑："去洗漱吧，用过早饭，我们就要尽快去看那位孟姑娘了。"

我一看他神清气爽的样子，再看看自己一脸邋遢的模样，顿时心下更加不满，便愤愤道："你起得早，怎么不自己去。"

符桃似是早就预料到我会有此一说，嘴角笑意更胜，却仍旧淡淡地道："好像是你昨晚上让我今早叫你的吧。"

我："……"

我讪讪转身，迅速把自己收拾了一番，便与符桃一起去吃早饭。

早饭也是极为精致的，薄皮半透明的汤包，牛肉馅的锅贴也煎得金黄……连赤豆小元宵都煮得黏糯浓稠，让人食指大动，一扫我被迫早起的阴郁。

早饭后，我们未多作耽搁，便直接与孟夫人一起去了孟小姐所住的西厢。

孟小姐的住处是一处名为"香雪海"的独门小院，一踏进写着"香雪海"三个大字的圆形石拱门，便见院内种满了桃花树。不难想象正值花季之时，这里满眼桃花灼灼的样子。

院内只有一条鹅卵石铺成的小路，延伸至孟小姐居住的闺房门前，闺房左边立着一个精致小亭，亭子里的石案上还放着一把琵琶。想来这位孟小姐也是个颇通音律的佳人了。

房门前还有一张石桌几个石墩凳，其余的地方皆是铺天盖地的桃花树，这位孟小姐可真是偏爱桃花，想必也是一位极有雅趣的姑娘。

屋内摆设虽颇为精简，但是不难看出，这里的每一个小物件皆价值不菲。而那位孟小姐，此时正盖着绣花锦裘，躺在那张紫檀木雕花软榻上昏睡不醒。

孟小姐眉眼极淡，连嘴唇都是淡淡的不着一丝红色，若不是胸前还有微微的起伏，简直就像一个死去了的人一般；然而她面色却极为安然，似乎还透着一丝满足，让人有种她是心甘情愿昏睡过去的错觉。我心下顿觉古怪。

见我眉头微蹙的样子，孟夫人感到了一丝忧虑，她试探道："明姑娘，小女可是有什么不妥？是否严重？"言辞之中饱含忧虑。

我随即收回思绪，浅笑回复："孟夫人莫要忧心，我刚刚只是想到一些别的事罢了。我看您脸色欠佳，想来孟小姐昏睡之后，您也没能好好休息，不如您先回去休息休息吧，在这里看着也是白白揪心。"

孟夫人摇了摇头叹道："唉，多谢明姑娘好意，只是……我这若是不看着，委实心下难安啊。"

我面露难色，顿了顿道："实不相瞒，百花涧蛊术向来不外传，因此我施为之时不便……"

符桃若有所思地看了我一眼，却并未开口。

还未待我说完，孟夫人忙道："哦，原来如此，恕我刚刚唐突了。那我这就回避，还望明姑娘和符公子尽力而为。"

我笑着向她微微欠身："这是自然，若有消息我们会马上告诉您的。"

想是救女心切，言罢，孟夫人就带着周遭婢女一起撤了出去，未多作停留。

孟夫人前脚刚出门，符桃便笑着向我道："百花涧蛊术皆是饲蛊或配药解蛊，何来不许围观一说？还有，刚刚孟夫人问你孟小姐可有不妥之处，你的神色分明就是有可疑之处。这孟小姐可是中了蛊术吗？有何不妥？"

我得意地看了他一眼，挑眉笑道："哦？你还会有不解的问题啊？真稀奇。"

他倒是毫不介意，一动不动地盯着我的双眼，眼角眉梢尽是笑意："在下本就对解蛊之术不甚熟悉，只是随口问问，你就这般高兴？"

被他这样看着，我的心脏怦怦直跳。我甚至能在他眼中清清楚楚地看见自己现下慌张的样子。

一着急，我连忙扭过头道："什么高兴成这样！这里还躺着一个人呢！你能不能专业点儿！有点儿职业操守！"

我心虚地瞄了他一眼，然后连忙一边假装继续观察孟小姐一边平复心情，强装镇定地淡淡道："这位孟姑娘确实有些古怪。"

我边说边用手拨开孟姑娘的眼皮："你看，她虽周身无异，但是你仔细看她的眼睛，眼黑之中是否似有东西在游走。"

符桃上前一步，站在我的身旁，倾身仔细观察了一下，点头道："似乎确实有一个红褐色的小点儿，在眼黑中移动。"

他挨得这样近，一时之间，我觉得周遭的空气里满满都是他身上淡淡的白芷花香……心又跳漏了一拍。我尴尬地咳了两声，伸手将孟小姐的头移动了一下，使她的侧脸正对我和符桃，顿了顿后说道："你再看她耳后，耳垂上一寸处，也有一条极细的青黑色线条。"

符桃点了点头："确实如此，如此说明了什么？"

我将孟小姐摆回原来的姿势，拍了拍手起身："这是中蛊的明显症状，这说明她确实是中蛊了。一般来说，中的是什么蛊都是由蛊虫的颜色来判断的。你刚刚也看见了，她眼中的蛊虫呈红褐色，若我没有判断错误，这应该是眠空蛊，一种让人陷入昏睡的蛊。"

符桃看了看我："我于蛊术之途了解不多。照你这样说，既然已经知道所中为何蛊，那解蛊应该不难吧。"

我看了他一眼，若有所思道："是不大难，但是……这孟小姐身上有一处十分古怪的地方。"我边说边用手指着那位孟小姐的脸，转身对符桃说，"你看，孟小姐如何？"

符桃看了一眼那孟小姐："颇具姿色。"

我："……"

我狠狠瞪了她一眼，十分不满："我是说她表情！面部表情！"

符桃倒是一如既往的静水流深："可能和你一起待久了，思维越来越活跃了。"

我正欲发作，只见符桃又淡淡笑道："好了，好了，不逗你了。我看这位孟姑娘神色颇为安然，眉眼之间似乎……似乎还有一丝笑意。"

我生生被他逼成了内伤，只得在心里告诉自己，要保持气质！我深深地吸了一口气，缓缓开口："就是这个，让我觉得奇怪。普天之下，应当是没有哪一种蛊会让人身心愉悦的。即便这世上确实有让人忘却前尘往事忘却痛苦的蛊，但只要是中蛊之人，无论如何都会受蛊虫噬心之痛，这就是代价。七公曾说过，不可能有中了蛊却不受噬心之痛的方法。而这噬心之痛，即便是再弱的蛊又或是极少量的蛊，疼痛也是难以想象和忍受的。可是你看，孟姑娘的眉宇之间哪里有一丝痛苦之色？反而安然异常还隐有一丝满足。这就是我觉得奇怪又不解的地方了。孟姑娘如此样子，我倒是有些拿不准了。"

符桃先是眉头微蹙，旋即恢复了平时淡漠的样子。他深深地看了我一眼，笑了："你就是为了这个把孟夫人支走的？"

我点了点头叹气："是啊，现下我也不确定是个什么情况，也不知道用解眠空蛊的方法能否让孟小姐醒来。说给孟夫人听，给人家以希望，万一醒不来，白白让孟夫人高兴一场。还不如先自己好好调查一番，弄清楚了，不管结果是好是坏，会比较稳妥。"

符桃深深地看了我一眼，笑道："此次你思虑倒是周全。"

我立马得意："这是自然！"

符桃又无奈地摇头："刚想夸你懂事，这还没开始，你就把小孩子心性暴露无遗，这么经不起表扬，我看还是罢了。说说你现下作何打算？"

"我先以眠空蛊的解法给她解蛊试试，反正她左右不醒，死马当活马医。这样耗着也没办法，你觉得呢？"言罢，我转身看向符桃。

只见他双手叠在胸前，漫不经心道："嗯，这样也好。这孟姑娘若能醒过来最好，若是不能，我们再想其他法子。"

决定好之后，我们便开始按部就班地实施。

我们先去找了孟夫人，给她吃了一颗定心丸，告诉她我们决定给孟小姐解蛊，但是根据她的体质，可能解完蛊不能立即清醒，但是，我们会等到孟小姐完全康复之后再离开。

接着，在符桃的建议下，我给涧里飞鸽传书。本想传给七公的，但是思来想去，觉得这一路怎么说都有点儿出师不利的感觉，只得先偷偷传书给涧中其他弟子打探一番：一来，让他们帮着查查涧里的古籍，或是旁敲侧击地问问七公关于孟小姐这种情况是怎么回事；二来，凤尾此刻还是音讯全无，也不知涧里有没有他的消息。

眼看符桃将那只小白鸽放飞后，我除了回味了一下广陵城内鸽子汤的鲜美之外，也确确实实地松了一口气。

符桃扭头淡淡问道："我怎么看你像是松了一大口气的样子，不过就是偷偷传书回去，何须至此？"

我"啧"了一声，颇为鄙夷地看了他一眼："这你就不懂了吧！这样一来涧里也算是有知情人士了，以后万一被七公发现知情不报的也是好几个人了，怎么说也多拉了几个人下水，被惩罚的时候，多一个人一起，也就能少一分凄惨！知否？懂否？"

符桃扶额："……"

待这些琐事都处理完毕，我和符桃便开始为孟姑娘解蛊所需的药材作准备。

其实，倒不需要我们准备什么，孟府里也算是应有尽有，许多比较珍贵的药材府里都有些许储备。就只一味药须得我们亲自去寻，那就是浮游草。

这种草倒也不算什么罕见的珍贵药材，只是生于河中小渚边一种十分寻常的水生蕨类植物。但因为一般不做药材，所以大多的药铺医馆都没有，孟府里自然也是没有，只得我和符桃亲自去寻。

我和符桃从流经金陵的秦淮河找起，顺着秦淮河一路找下去，不出意外应该很快就能找到。眼下大半个上午已经过去了，若是到了天黑的时候，那么寻浮游草就会麻烦许多。未敢多作耽搁，向府内下人稍作交代后，我们就立即出发了。

找浮游草倒是没费我们多大力气，在秦淮河下游的小渚边上很快就发现一株，符桃当即就将它摘了回来。

天色尚早，我心情也甚好，在路边卖烤玉米的小贩手里买了个烤玉米，边走边抠着玉米粒吃。我吃得津津有味，边吃边向符桃道："阿桃，你说孟小姐会醒来吗？"

"希望吧。"他依旧是那样淡淡地回答。

我点了点头："也是，现在想也没用。不过这烤玉米倒是真挺好吃的。"言罢还扭头看向符桃，给了他一个大大的笑容。

可谁知，符桃看着我自认为灿烂无比的笑容，却是轻咳了两声道："明姑娘，你真是……真是让人忍俊不禁。"

我颇为不解，纳闷道："怎么了？我笑得有那么灿烂吗？把你也逗笑了？"

符桃忍着笑意道："你的嘴上全都是和你手指上一样的黑色炭灰。"

吃烤玉米就是这点不好，一不小心就粘得满嘴炭灰。

我顿时羞愧不已，满嘴都是烤玉米上的黑灰也就罢了，我刚刚还笑得那么灿烂，嘴咧得那么大！我当即把烤玉米塞进了符桃手里，撒腿就往河边跑，想去用水洗洗。

我跑得太猛，竟差点一头栽进河里，好在符桃反应快，一把拉住了我的衣领将我拉了回来。他轻声责备道："你急什么。"

我蹲在水边的草堆里，掬起一把水就往嘴里送。

符桃蹲在我身边，一手懒散地搭在腿上，一手撑着下巴看着我笑。波光粼粼的水面，映着他的脸，说不出的好看。

好不容易清洁完，正当我与符桃准备起身回去的时候，头顶上却忽然传来激烈的争吵声。

我和符桃对视一眼，他使眼色让我安静不要乱动。仔细一听，竟是两个女子，似乎是在争吵些什么，情绪都很激动。

"我告诉你，就连白染那样下作的杂役都看不上你，你有什么资格和我争音律阁花魁的位置？痴心妄想！自取其辱！"

"哼，你倒是高看自己。我还不屑与你争呢！白染如何轮不着你来说！"

"是轮不着我说，别人不知道，我可是知道的，白染喜欢的人是那孟紫苑！连个杂役都抓不住，还好意思说！"

"你……你这个贱人！"

我一听到"孟紫苑"三个字，神经马上紧绷了起来，下意识就看向符桃。符桃冲我点了点头，示意我不要动。

然而就在这时，其中一名黄衣女子不知怎的"扑通"一声竟然直直地栽进水里，溅起巨大的水花。

我吓了一跳，连忙站了起来，扭头一看，另一名女子早就跑远了。我心下暗叫不妙，那女子必定是和黄衣女子吵着吵着就撕扯起来了，失手将那黄衣女子推下了水。

水中传来女子的呼救声，不容多想，我下意识就跳进了河里，伸手去够那名黄衣女子。跳下去那一刻，脑子里只是隐隐觉得，我这一身水红，加上她那一身黄，会不会让别人误以为有人在河里煮蛋花汤啊！

胡思乱想惯了，我却忘了自己也不会浮水这件大事，没挣扎几下就感觉自己在往下沉，混乱中还喝进去好几口水。被水呛到，我更是惊慌不已，双手拍打着水面想要呼喊，却叫不出声。

就在这时，忽然感到一只胳膊从我两只胳膊下穿过，紧接着，我整个身体就被一股力量带着游向了岸边，是符桃。他将我连拉带扯地推上了岸，转身便又向黄衣女子游去。

我趴在河岸边，整个人的力气都好像被抽走了似的，口中、鼻腔中都满是河水，难受极了，不停地咳嗽，由于咳得太过用力，眼泪都咳了出来。

忽然，我感到身后有人正慢慢地拍着我的背，帮我顺气。

我手撑着地面，缓缓起身，扭头一看，便是符桃满是愠色带着水珠的脸。水珠顺着他的眉峰往下滑，挂在他长长的睫毛上，一滴一滴往下落，在夕阳的照射下，闪闪发光。

连湿透了都这么帅！

符桃的手在拍着我的背，眼睛却是定定地看着我的，目光愠怒，语气中带着明显的怒意："自己不会游泳，还跳下去做什么！"

自认识符桃以来，他对什么一直都是那副淡淡的不甚关心的样子，今日好像是真的动了怒。我十分不好意思地扯出一个大大的笑容，歉疚道："我这……哪里是故意的……我下意识就……"

见我气息仍是十分不稳，还在那里笑得像个傻瓜，符桃眉头皱得更深，打断我道："行了行了，别笑了，笑得丑死了。不要说话了，先缓缓。"接着又瞪着我，语气十分严肃，"以后不许这样了，这些事情交给我来做就好。"

　　我看他面色似有缓和，刚想开口答应，忽然看他脸色一沉，连忙闭上了嘴使劲点了点头。

　　忽然想起那名黄衣女子，我转头一看，她已经扶着河边的树站了起来。

　　见我和符桃看向她，黄衣女子似有一丝尴尬，欠身道："小女子绿萝，多谢这位姑娘和公子的救命之恩。绿萝还有要事，不便在此停留，今后有缘再报今日救命之恩。"言罢，转身匆匆忙忙就走了，好像有什么毒蛇猛兽在追她似的。

　　我本还想和她说说我一向都是以助人为快乐之本啦之类的场面话，以显我人格魅力；然后，也好从她口中打听她们刚刚所说到的孟家小姐的事。结果，这姑娘视我们好比蛇蝎，难道怕我们讹她钱，问她要救命费？

　　正当我觉得各种莫名其妙时，耳边传来符桃的声音："别瞎想了，那姑娘定是隐瞒了些事不想我们深究。"又恢复了一如既往的清冷音色，虽是淡淡的，却有着让人不容置疑的分量。

　　我点点头，不再胡思乱想。

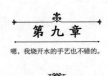

第九章

嗯，我烧开水的手艺也不错的。

我与符桃皆是浑身湿透，只得匆匆回了孟府，到达孟府之时天色已晚。

在符桃的敦促下，我直接回房换洗。好不容易把自己收拾好了，就有家丁来请我和符桃去用晚膳。

不知为何，我总觉得那家丁看我的眼神似乎有着一丝不易察觉的意外和慌张。

我心下觉得奇怪，看着那人的眼睛，心中升起一种莫名的异样之感。可是想了半天也委实想不出那种异样到底是什么。

符桃看我魂不守舍的样子，颇为关切地问道："怎么了？可是有什么不舒服？是不是今天下午在河里受凉了？"

我想着，可能真是自己今天在河里喝水喝多了，被呛得多虑了，便忙摇摇头，对符桃傻笑："没有，就是说到晚膳，忽然就觉得饿了。"

符桃倒是没再说什么，只是用那种"不可救药"的眼神看了我一眼。

晚膳依旧十分丰富，只是那道排骨玉米汤，总是让我想起下午吃的那根烤玉米，以及它引发的种种，我实在提不起吃它的兴致。

依旧不见孟老板的身影，想来他定是极为繁忙。

席间，孟夫人眉目之间总是笼着化不开的愁云。我心下多有不忍，便主动和她说起了孟小姐的情况。

我告诉她，我们已经备齐了所需的药材，今晚我便会亲自制药，明天一大早就会让孟小姐服下。不过有可能还是暂时醒不过来，让她也不必过于忧心，若是醒不来我们会再试试别的方法。

符桃也十分配合，宽慰了孟夫人几句。

我们十分默契地没有提到今天下午听到的有关孟小姐和音律阁的事。

音律阁似乎是个给人弹琴唱曲的地方，像孟紫苑这样门户出来的女子，虽不是什么名门望族，却也是富贵非常，应当没有理由、也不会被允许与那里的人有纠葛才是。也不知道孟夫人知不知晓此事，又或是这事还另有隐情。既然多有不确定因素，我们自然也就不便多言。

晚膳过后,我与符桃直接回了房,顺便让下人帮忙准备了瓦罐、药杵等一系列的东西。回房后,未多作耽搁,我们就在房门口的一小块空地上制起了解药。

准确地说,是符桃一个人制起了解药,我一边指使他将所有的药材用小闸刀切成一段一段的,自己一边在园子角上的葡萄架上抠着稍微成熟一点儿的葡萄往嘴里塞。虽不是葡萄成熟的季节,但至少聊胜于无。

似是看不下去我继续祸害那群未成年的葡萄,符桃起身向我淡淡道:"别玩了,你也过来帮帮忙。"

我听见他说话,朝嘴里扔了一颗葡萄,忽闪着眼睛不解道:"你今天下午的时候,不是说以后这种事都交给你做嘛?"

"我说的是那些危险的事情,不是让你无所事事什么都不做。"符桃手搭眉骨,语气很是无奈。

我听着他的话,瘪了瘪嘴小声嘟囔:"切药也是有一定危险性的好嘛!"

嘴上虽是这样说,我还是磨磨叽叽地迈开步子,向他走过去。他并没让我切药,只是让我蹲在他旁边,将药材捋顺、摆好以方便他切。

好不容易将所有的药都切好,放入陶罐用小火熬着,我便开始用药杵将浮游草捣碎。符桃拿着一把蒲扇冲着柴堆轻轻摇晃。

　　火堆里不时发出噼里啪啦的响声，浓浓夜色之中，橘色的火苗轻轻摇曳，将我和符桃的影子拉得老长，不知为何竟让人觉得莫名安心。

　　符桃看我一直勾勾地盯着他看，伸手就用手中的蒲扇敲了一下我的头，眼里盛着一丝笑意："又在犯傻气了。"

　　暖橘色的火光在他的脸上微微晃动，长长的睫毛投下淡淡的阴影，看不清他的神色，火光落在他嘴角微扬的薄唇上，显得更加温柔。我看着眼前的男子，忽然就觉得，漫天的星光都比不得他此刻手持蒲扇对我浅笑的样子。

　　我在心里暗暗描摹着他的脸，不浓不淡的眉，深邃的双眸里总是好似盛开着倾世桃花，让人移不开眼，高挺的鼻梁，和那总是带着一丝浅笑的唇。不知为何只要有他在身边，总是莫名安心，总是让人有种万事皆可怠的错觉。我甚至觉得，自己堪堪就要沉沦在他的眼中。

　　他见我半天没有反应，用蒲扇在我眼前晃了晃："又在胡思乱想些什么？"

　　我回过神来，忽然觉得，有这样的想法实在是不应该，感觉十分不好意思。我咳了两声，赶紧岔开话题："没什么，我刚刚只是想到今日在河边那两个女子的争吵，看来这位孟小姐的事情还另有文章。"

　　"每个人都有难言之隐，何苦追问到底。眼下还是多用些心思让她醒来，之后有什么疑问不妨亲自去问她。明日若是这药见效，我们也须得早日赶回涧里。"符桃淡淡地说着。

我睥睨了他一眼："你这个人还真是无趣，难道一点都不好奇那位孟小姐身上到底发生了什么吗？"

符桃摇了摇头："天下未知之事千千万万，何以件件都能弄得清楚明白？符某一向觉得人生苦短，精力有限，何不多将精力用在重要之人、重要之事上？"

我随即笑开，理了理额前的碎发道："到底什么才是重要，什么又是不重要呢？你还真是洒脱，不过这样说来，你在意之人、之事可真是幸甚啊！不知你觉得重要的都是些什么？"

符桃看着我，眼底尽是笑意："我自幼由师父养大、教我习武，师父于我恩重如山。从前于我来说师父是我唯一重要之人，师父之事于我来说自然也是重要之事。"

顿了顿，他又接着道："不过，最近发现，似乎除了师父之外也还有些人和事颇为重要。"

一听这话，我的内心竟有些小雀跃，立马开心地问："现在，你是不是觉得我们百花涧里的人和事也很重要？是不是觉得……那个七公、凤尾……还有……还有我也是很重要的？"

符桃嘴角笑意更深："也算是吧。"

我一听，心里喜滋滋地连忙接道："就是嘛！虽然你早晚要回折雪山庄，但其实吧我啊不，是我们早也把你当自己人了。你以后就别一口一个明姑娘或者没药姑娘地叫了，叫我小药吧。听你刚刚那样说，你对你师父渊清长老还真是有心。"

他听我说到折雪山庄和渊清长老似乎是愣了一下，微不可察地皱了皱眉，只是一瞬，马上就又恢复了那副淡淡的样子，笑了笑并未说话。

我想，他离开折雪山庄这么久，想必是有些想念师父了，便未再纠缠这个话题，想说些让他开心的话。

想起那日在广陵城外，符桃将野鸡烤得极是鲜美，虽然最后我一口没吃着，但从色泽看来，却是十分美味的。

我便试探道："阿桃，上次在广陵城外，看你烤野鸡的样子好像十分娴熟，你很会做菜吗？"

符桃手中蒲扇不停，边摇边笑道："不算太会，不过烤个野味倒是不错。"

我点了点头："嗯，我烧开水也不错。"

符桃："……"

符桃的嘴角微不可见地抽了抽，估计他也不想再接着厨艺这个话题说下去，便转换话题道："你打小就在百花涧里长大？"

我边点头边道："是啊，怎么了？"

他顿了顿，语气少见地有一丝犹豫："那你的亲人……"

"哦，这个啊！我是被七公捡回来的，至于其他的我自己也不太清楚。"

见他并未说话，我又一根一根掰着手指数数道："不过七公、凤尾、涧里的厨子张胖子、云山下的张婶还有涧里其他的人对我都是极好的。我已经很知足啦。"

符桃看了看我，又恢复了淡淡的笑意点了点头："你和凤尾好像很合得来。"

"这就说来话长了，主要是因为我俩小时候学饲蛊和解蛊的时候，他解蛊总是最后一名，而我饲蛊总是最后一名。为了让这种情况有所改观，掌门命我俩在一起多多交流，互相取长补短。可是最终演变成我帮凤尾完成解蛊作业，凤尾帮我完成饲蛊作业。后来被掌门发现了，罚我俩一起巡山，巡了两年，我想我和他的友谊就是在那些同甘共苦的日子中建立起来的吧。哦，不，是在同苦共苦的日子之中建立起来的。"

符桃笑了笑："这样看来，你的解蛊之术还挺不错，为何饲蛊之术如此不济？"

我叹了口气，摇了摇头，故作深沉："你知道的，哲学家说过，凡事都有两面性。我之所以解蛊还挺不错，主要是因为，我的血有天生抑制毒蛊的奇效，而之所以饲蛊之术委实拿不出手，也是这个原因。"

符桃皱了皱眉，似乎有些意外："你的血可以抑制蛊毒？"

"是啊，你不知道？不过我一般也不用自己的血给人解蛊，毕竟拿小刀在自己身上划拉这种事并不怎么舒服。"

符桃看着我欲言又止，最后只是淡淡地点了点头，含糊了一声："嗯。"

夜风微凉缓缓拂过火堆，火苗轻晃，耳边是他清冷的声音。他坐在竹凳上一手撑着下巴，一手缓缓摇着蒲扇，和我有一搭没一搭地聊着些琐碎的小事。

火光盈盈，让人倍感温暖。我渐渐感到困倦，眼皮越来越重。昏昏欲睡之时，朦胧中仿佛闻到了淡淡白芷花香，下意识里又往温暖之处靠了靠。

这夜我睡得十分沉，可梦中却隐约觉得有人扼住了我的脖子，我大口大口地呼着气从梦中惊醒。

醒来时，我浑身皆被汗水浸透，很久没有做过这样的梦了，我用手抹了抹脸，朝窗边走去。

推开窗户，黛色的天空中一轮毛月显得有一丝诡异。我扭了扭脖子，下意识地低下了头，只见窗沿边正往下滴答着黑红色的液体。我忍不住惊叫一声后，立即用手捂住了双眼。

那是一只已经死亡的通体乌黑的猫，肚子被划开，内脏流了一地，它睁着一双碧绿色的眼睛仿佛死不瞑目。

我浑身止不住地颤抖，可再一睁眼竟发现窗前什么都没有了！

我难道是在做梦？

第 十 章

我焦躁的时候道德底线特别低，
你可不要试图激怒我挑战我！

第二日，我一早醒来之时整个人还有些恍恍惚惚，可想到今日还要帮孟小姐解蛊，便未作多想赶紧起床洗漱。收拾完毕之后，见符桃早已不在房中，便径直去了孟小姐的住处。

符桃果然早已在那里，将一切都准备妥当。

见我匆匆赶来，符桃伸手递给我两个油纸包着的包子："慢点儿，先把早饭吃了。"

我立马整个脸都堆满了笑意，谄媚道："嘿嘿，阿桃你还真是周到。"

符桃倒是无甚反应，仍是淡淡地"嗯"了一声。

然后，画面就变成，我跷着二郎腿窝在孟小姐闺房的檀木凳子上，一手拿着包子往嘴里塞，一边口齿不清地指使符桃给孟小姐解蛊。

"那什么，你先把……呵！这包子还挺烫……把浮游草，对对浮游草的粉末倒到……那个……那个昨日你熬的药里……对对对就是那样！用勺子搅搅，要搅匀些……嗯嗯……这包子味道不错……你可搅匀一点儿啊……就是我不太喜欢馅里的葱花，你下次记得再买个没葱的我再品鉴品鉴……还有啊……"

还未说完，符桃便不咸不淡地开口打断了我："行了，我已经把药弄好了。"

我耸了耸肩，心下腹诽这人真没礼貌还打断别人讲话，但是表面上却装得饱含感激："辛苦啦！你再辛苦一下，把药给她灌下去呗。"

符桃用手捏了捏太阳穴，十分无奈，倒是也没再多说什么，拿起药碗，转身向孟小姐的床头走去。

不知怎的，看着他的背影，我就自然而然联想到了素日里看的一些话本子。

我乐呵呵地对符桃道："阿桃，按照话本子里的情节，这时候吧，你可是得用嘴巴将药渡给她啊！"言罢，我还颇为轻佻地低着头，低低笑了两声。

正暗自好笑着，我刚一抬头，就见符桃转身利落地将药碗放在了孟小姐床边的矮几上。

他操着手，一双眼睛似笑非笑地盯着我，看得我心里直打鼓。

我连忙一边起身，一边将最后一口包子塞进嘴里，用手蹭了蹭嘴角道："那啥，还是我来、我来就好。"言罢，我一边嘿嘿嘿地冲他傻笑，一边在他灼灼目光中端起了矮几上的药碗。

我径直走到孟小姐的床边，一手揽着她的背将她扶了起来，另一只手拿起碗将药灌入了她的口中……

可是，一盏茶的工夫过去了，孟小姐依然毫无醒来的迹象。

我开始有些坐不住了，难道判断错误了？

我一边这么想着一边匆匆走到床前，检查她的眼黑和耳后，红褐色的小点和黑色细线都已经开始慢慢变浅。我定了定神，想着解药应当没错，再等等好了。

这一等就等到了午饭时间，孟夫人也遣人来问过很多次了，我只能支支吾吾地说再等等，心里也没个底。

孟小姐依然是毫无反应，而婢女已经将午膳摆在了香雪海的亭子里。

符桃端坐在我对面，拿着竹筷的手骨节分明，他将我平日爱吃的土豆丝和排骨都夹到我的碗里，也没像平时那样逼我吃我最讨厌的苦瓜。

可是我却是一口也吃不下，低着头拿筷子戳着碗里的米饭。

符桃估计是再看不下去我这张苦瓜脸了，他放下筷子淡淡道："米饭都被你戳成米糊了，再戳下去碗底该穿了。你好好吃饭，看得我都吃不下了。"

我心下正是焦躁不已，一听他这种不咸不淡的语气更来气。

我"啪"的一声放下筷子，站了起来，抬起头刚准备开口，就见他盯着我放下的筷子直皱眉，搞得我兀自心慌，一下子像漏了气的皮球。

我低头用手搅着自己胸前的飘带，闷声道："我吃好了，就不影响你食欲了，我先进去看看。"说完，我连符桃的表情都不敢看一下，低着头慌忙往孟小姐的闺房走去。

孟小姐依然没有任何醒来的迹象，这真让我无从下手。

一想到符桃那眼神，更是让人心烦意乱。我平时总是口齿伶俐、无所畏惧，可是一看他不高兴的样子就不敢造次，不想惹他不快。这一点都不像我不惧人言的个性呀！我当下下定决心，一定要反击啊反击。

想到符桃，难免就想到昨日晚上和他说的话——对了！拿我的血试试啊！

思及此，我立刻从随身携带的药箱里拿出一把小刀，咬牙闭眼一狠心在掌心划了一道，可能没把握好力道，顿时血流如注，疼得我直吸气。我用另一只手捏开了孟小姐的嘴，将自己的血往她嘴里灌。眼看差不多了，我便随手拿了一块纱布将自己的手缠了缠。

我面朝门内，坐在孟小姐房门的门槛上，头靠着旁边的门框，腿上摊着七公著的有关解蛊之术的书。

这书我本是不愿带在身上的，因为它委实又厚又重，但临走之时，我思忖着，若是遇见在野外生火点不着的情况，撕两页下来做火引子也不错，便将它一起从百花涧带了出来。不过，眼下我也没什心思看书，双眼直勾勾地盯着躺在床上的孟小姐。

然而，即便我的眼神如此炙热，孟小姐依然丝毫不为之所动，没有任何醒来的迹象。我沮丧地低着头，随手翻着腿上的书，想看看七公有没有提及这种情况。

身后一阵淡淡白芷花香袭来，不用看就知道是符桃。

我心里还在为刚才的事愤愤不平，故意赌气装作不知道。

谁知符桃像没事一样，径直撩起前裾坐在了我的身旁。他伸手递了个烤玉米到我怀里，嘴角含笑："你好像蛮喜欢吃这个。"

我本想义正词严地拒绝，再给他几天脸色看，说不定就从此咸鱼翻身掌握主动权了。奈何烤玉米太香，我中午又没好好吃东西，只得屈服于饥饿感的淫威之下。

我大口大口地啃着玉米，强装严肃："你刚刚说我影响你胃口这事我还记得呢！不知道操心就算了，哼，这时候，你就应该好好讨好讨好我、赞美我、劝解我、开导我；再好好把自己的恶行深入剖析，进行批评与自我批评，不对，是自我批评与自我批评；然后对天发誓以后不能再那么丧心病狂地欺负我，否则天打雷劈，天理不容。最后，再乞求我的原谅，然后我再矜持地拒绝，你再乞求我再拒绝，在你坚持乞求多次后，我再十分无奈地原谅你。"

符桃无奈地将手搭在眉骨上狠狠压了几下，顿了顿才淡淡开了口，说的却是“你口渴不渴”这样不痛不痒的话。

我看他那副样子，更是气不打一处来，偏过头，看也不看他，狠狠道：“我不渴！”

“我看你一口气说那么多话，以为你会渴。”

我气得暴跳：“我！我！我一点儿也不渴！你看看你！说话的态度一点儿都没诚意，平时就总是喜欢逗我玩！还有……还有喜欢嘲笑我……还有……”

我越说越没底气，刚刚还在抱怨他，对他有诸多不满。可是真正说他哪里不好的时候，却发现一桩一桩都是芝麻大点的小事，倒显得我多斤斤计较像个不懂事的孩子。

我还在思考要怎么控诉一下对他的不满，他却一把抓住了我的手，敛眉道：“你的手怎么了？”语气生硬，带着不满。

“这不是重点！我现在正在说你……”

“你用你的血给她解蛊？”他抬头，看了一眼躺在床上的孟紫苑，还未待我说完，他便急急打断。

“是！是！是！我说，我这儿正说你呢，你别想岔开话题。”我噘着嘴，十分不满地说道。

“那你也骂开心了吗？先把手重新包扎一下，你一个女孩子，怎么把自己的手包得像个粽子。”符桃说着伸手取过我的药箱，欲帮我重新包扎。

我睥睨了他一眼，不满地道：“不开心！一点儿都不开心！

你都没有接话茬，我一个人骂得一点儿也不尽兴！"

　　符桃一脸"你无理取闹"的表情看着我，无奈地岔开话题道："好了，好了，不要再说这个事了，记得这几天手上切不可沾水。"

　　看到我腿上放的书，他又转移话题："解蛊的书？可寻到方法？"说着话的同时，手里的动作倒是一刻也没停下，很快就将我的手重新包扎了一遍，动作轻柔，我都没怎么感觉到。包好后一看，嗯，符桃手艺还挺不错。

　　我鼓着嘴，阴阳怪气道："哟，你还关心着解蛊的事呢！这么厚一本书，哪里是能这么快找到的！"

　　"这些不都是应该熟记于心的吗，你在涧里到底有没有好好学习解蛊之术？"

　　我一听他这么说，立马扭过头来语气激动道："谁说我没看过！只不过，我每次看了前三页之后，隔几天就又忘记了第一页讲什么，又只得从第一页看起罢了，我对前三页可熟悉了，怎么能是没好好看呢？！"

　　"这话你居然说得这么理直气壮？"符桃似是被我磨得没了脾气。

　　"哼，我告诉你，那孟小姐还醒不过来，百花涧的招牌就要砸在你我的手里了。回去免不了被七公骂也就不说了，还有凤尾那个唯恐天下不乱的肯定会笑话死我了！最最重要的是，七公都收了巨款作为酬劳，眼下肯定也花得差不多了，这要是解蛊失败，万一人家想要回钱，把你卖了也赔不起。我现下很是焦躁，我焦躁的时候道德底线特别低，你可不要试图激怒我挑战我！"

"我说呢，原来是钱的事。"符桃恨铁不成钢地摇了摇头。

我白了他一眼："我哪有你那么财大气粗！"

但是转念一想，我立马紧接道："对了，你不是挺有钱嘛，这事也不能赖我一个人吧，万一她醒不来你可也得负责任……"

"好了，好了，若是此次孟小姐因你我原因而不能醒来，孟府要回的诊金我全部负责便是。"符桃无奈地答道。

我一听这话，顿时一扫阴郁之感："真的？你可要说话算话呀！不能反悔，要不一会儿你写到纸上呗？对对对，要写下来。"

符桃起身理了理衣服，淡淡道："不必，我自是说话算话。走吧。"

我疑惑了："去哪儿？你不会是要悄悄溜走吧！虽说这也是一个办法，可是委实也太……太……"

符桃转身对着我，一脸无可奈何："是去音律阁见那位绿萝姑娘。"

我连忙狗腿地跟上："哦哦，我就说嘛，你怎么会溜走呢，嘿嘿……"

出发前，我们先找了孟小姐的贴身丫鬟打听音律阁的事，结果那丫鬟听到"音律阁"三个字就和见了鬼似的，紧张兮兮地连声道不清楚。这更让我和符桃觉得孟府小姐与音律阁之间有古怪。收拾收拾了一些东西，申时的时候，我们便出发去了音律阁。

第十一章

再厉害的香料，
也比不过街口炸的韭菜盒子味道重！

音律阁，应了那句"依水起高阁"。

整个建筑便是倚着秦淮河而建，一面临水，楼阁四分之一的部分都延伸在河岸之外，由类似桥墩的石墩所支撑。想来，音律阁之内必能将秦淮河的风光一览无余。

但是阁前却颇为朴素，仅仅只檐牙之上挂了两个红彤彤的灯笼，连音律阁的门匾都未作多余装饰，怎么看都不像脂粉气重的卖唱之地，反倒像个颇具格调的琴坊。

然而我的这种想法，在进入音律阁的一瞬间被生生熄灭了。

我们前脚刚踏进音律阁，一阵浓烈的香气便扑面而来，我不禁皱了皱眉头。还未仔细观察观察这阁内的布局，迎面就走来一位浓妆艳抹的中年女子——

她身着抹胸花色罗裙，肩上披着素纱披肩，手臂上挽着一条瑰色缎带，脸上那层厚厚的粉看着随时会掉下来，胭脂打得十分夸张，额间还用朱砂画了一朵十分妖娆的牡丹。长发全部高高绾起，在头顶上盘成一个高高的发髻，头上的金制步摇随着她款款而来的脚步一晃一晃，十分惹眼。

她走到我和符桃面前，一手叉腰一手拿着把团扇遮住半张脸，眼角尽是媚意。她抬眼看了看符桃，又上下打量了我一番，笑得极尽妖媚道："哟！这位公子生得好生俊俏，真招人疼。这大白天就来了，当真是迫不及待。可怎的还带了个小姑娘呢？"声音酥媚入骨。

她说着还得寸进尺地往符桃身边靠近了两步，拿团扇抵着符桃的前襟，看着他的眼中尽是魅惑，身姿也极尽妖娆。

我一看这架势，两人都快贴上了，再看符桃那厮，居然还是那副镇定自若的样子，顿时胸中的无名火噌噌往上蹿。

我一个跨步挤进他俩中间，将他们分开，背对着符桃，语气不善地朝着那女子道："你才小姑娘！本姑娘今年十六，马上十七是大姑娘了！"

那女子先是一愣，随即立刻恢复了职业的笑容，看了看我，又看了看符桃，了然地轻笑："这位大姑娘的脾气还真是不小，原来是这位公子的小媳妇。还真是可惜了，公子模样这般好，绣娘我还真是喜欢得紧。"言罢还冲着符桃直眨眼。

　　我心下正腹诽谁是小媳妇呢，再一抬头就看见她冲着符桃直抛媚眼；转头看符桃，那厮居然还嘴角含笑，居然还在眉来眼去！我顿时气不打一处来，狠狠瞪了符桃一眼，翻了个白眼，冲她狠狠道："我呸！谁是他……"

　　未待我说完，符桃竟一把把我拉到了他的身后，顺势双手扶着我的肩膀，将我按在了旁边的凳子上坐着。

　　他随即转身，朝着绣娘一拱手："小姑娘不懂事，绣娘莫怪。"言罢，回头看了我一眼，眼中尽是调笑。

　　我当即准备起身反抗。他却像是早就料到我会如此一般，不慌不忙地一手按着我的肩膀不让我起身，一手像摸小狗似的摸着我的头发安抚我，眼睛定定地看着我，让我莫名其妙一阵脸红心跳。

　　还未待我缓过来，就听见他刻意压制的，略带一丝笑意的清冷声音从头顶传来："别闹，还想不想打听孟小姐的事了。"

　　我斜了他一眼，十分不满地小声道："你是不是就喜欢她这样的？你看看她，一笑脸上的粉都哗哗往下掉！你什么品位！你别闻着她身上香，我告诉你，再厉害的香料，也比不过街口炸的韭菜盒子味道重！"说完，我故意扭过头去不看他。

　　他看着我，半晌竟"扑哧"一声笑了出来："哗哗啦往下掉？韭菜盒子？亏你想得出来。行了，我不喜欢她那个样子的，不过我看我的品位也确实不算太好。"说完还无奈地摇了摇头。

　　我心下不知怎的有种莫名的小欢喜，就也没再反驳什么。

符桃还没开口，那位绣娘倒是先开了口："哎哟喂……"拖着长长的尾音，"还真是羡煞绣娘我呢，这么俊俏的公子，可让我怎么办才好哟！不然你再看看绣娘我，我虽然不及小姑娘年轻水灵，也是别有一番风韵呀！"说着又向符桃贴了过去。

那声音简直媚得能把人给酥化了，弄得我一身鸡皮疙瘩。再看符桃，竟是神色未变不露声色地向后微微退了一步。他仍旧嘴角含笑，淡淡道："姑娘艳丽无双，堪称绝色。在下俗人一个，何德何能，能配得上姑娘如此风姿。"

我一听这话，当即暗自感叹：对着这种姿色，居然也能脸不红心不跳连个磕巴都不打地说出这番话！符桃委实也是个人才！

那位绣娘倒是十分受用的样子，简直快乐开花。她拿着团扇遮住半张脸，佯装十分娇羞的样子娇嗔道："公子的嘴可真甜，抹了蜜似的。好了，无事不登三宝殿，公子来我这音律阁到底所为何事？看你这么会说话，就直说吧。"

我翻了个白眼，懒懒开口："也没什么，就是想找你打听打听孟……"

还未待我说完，符桃便开口打断我："是这样的，在下想找绿萝姑娘一叙。如你所见，这位姑娘是在下未过门的妻子，早前她曾与绿萝姑娘有一面之缘，小姑娘马虎惯了，那日不小心丢了最喜欢的朱钗，却是怎么也找不到。她素日就被我惯坏了，非得找着不可，这不就想问问绿萝姑娘可曾见过。"

符桃言罢，还当着那绣娘的面十分宠溺地看了我一眼，看得我浑身直打战。

绣娘看了看我们，对我笑道："姑娘好福气。"

我暗自翻翻白眼。

绣娘转过头又对符桃道："小事一桩，公子只管去问，绿萝就在楼上左手第二间厢房里。公子放心，我们音律阁的姑娘个个都是我用心调教出来的，定不会贪恋那些东西的，若是捡到啊也定会还给你的。"

我还撇着嘴在暗自腹诽，只听见符桃清了清嗓子，对我使了个眼色道："还不赶紧上去找你那朱钗，又瞎想什么呢？"

我回过神来，想着还是正事重要，连忙起身跟了上去，经过那位绣娘的时候还故意哼了一声。符桃看着我的样子，只得无奈地摇摇头。

"咚咚——"两声轻叩后，门很快被打开。

绿萝姑娘依旧一袭黄衣，见来人是我们俩，先是愣了愣，随即带着一丝狐疑请我们进了屋。

待我们坐下，她才缓缓开口道："两位此次前来所为何事？"

我抬眼看了看她，心里盘算着要不要先拉近拉近关系，这样也好再向她打探有关孟小姐的事，便清咳了两声，随即一脸关切地开口道："姑娘前些时日不甚落水，现下身体可好？可有什么不适？我也算略懂些医术，你要是……"

话还未说完，便被她生生打断。她语气不善："前些时日的事情不劳两位操心，若是没有其他事情就请回吧。"

我正纳闷这姑娘怎么不识好歹，耳边就传来符桃淡淡的嗓音："绿萝姑娘，恕在下直言，那日无意听闻你与另一位姑娘的谈话，话中提及孟小姐，想来这孟小姐与音律阁颇有渊源，想劳烦姑娘将有关孟小姐的事情告知我们。"

她看着我们皱了皱眉，似是有一丝好笑："你们到底是何人？问孟紫苑的事做什么？我什么都不知道。"

符桃看着手中的白色瓷杯，一边把玩一边淡淡开口："姑娘应当也知道，那孟小姐现下昏睡不醒。在下只是受人之托查清真相罢了。"

绿萝姑娘深深地看了符桃一眼，犹豫许久才开口："你们既然那天已经听到了，我也没什么好说的，不过我只是识得她罢了，其他的我一概不知。"

我心下正想看这人软硬不吃还挺难搞啊！就见符桃轻笑一声，放下了茶杯抬头定定地看着绿萝姑娘："不瞒姑娘，委托我们调查此事之人正是金陵知府。孟家财大气粗，对县衙也施压不少，非得要个交代。在下只负责找出一个凶手，若是姑娘执意不肯讲出实情，这破案期限将至，孟老爷急着要交代，而眼下又毫无线索……姑娘觉得眼下这种情况知府为了不得罪孟老爷、我为了保住饭碗，加上昨日我听见的那些话，会找谁做这个犯人？"

我一脸佩服地看着符桃，用眼神朝他致敬——太能掰了！

绿萝姑娘一听这话反倒笑了，笑着笑着瞬间脸色灰白，半晌才终于开了口："我有什么好怕的，你们要是真想救那位孟姑娘，还不如多花些时间在孟夫人身上。"

我一听，这里面大有文章！她果然是知道些什么，不过怎么又和孟夫人有关？我忙开口问："姑娘此话何意？"

"字面意思。"绿萝不咸不淡地回了句。

符桃操着手倒是一点儿也不着急，半晌才开口："姑娘可知白染眼下在何处？"

白染？这名字怎的这么耳熟？好像那日她与另一位姑娘吵架的时候提到过这个名字。我一边回忆，一边抬头看了看绿萝姑娘。

绿萝眼中终于有了一丝波澜，叹了口气道："不知。"

顿了顿，她似乎是下了很大的决心，又开口道："我可以将我知道的一切告诉你们，只是……"

符桃笑了笑，看都没看她一眼，淡漠道："姑娘想让我们帮你寻找白染下落？"

我边想这符桃还真是会揣摩他人心思，边附和道："姑娘若是肯将实情告诉我们，我们自然会帮姑娘寻找白染下落。"

绿萝似乎很是犹豫，半晌才松了口，但眼神之中仍是充满了不信任。她看了看周围，终于起身道："随我来吧，这儿不是说话的地方。"

第 十 二 章

这薄情寡淡的烟花之地，
有多少人的心酸泪水被埋葬在烟雨中……

　　我与符桃跟着绿萝出了房门，悄悄上了顶楼。

　　这是一间十分破旧的屋子，各种摆设都十分粗陋，连床都是几张破木板搭起来的，和楼下的屋子形成了鲜明的对比。虽然屋子里已经积了一层薄灰，但摆设皆是整整齐齐，看来住在这里的人虽然穷困，但却也是个整洁之人。

　　绿萝欠了欠身，让我们进来，接着将窗户开了个小缝。

　　她站在窗边，看不清表情，半晌她才淡淡地开了口，声音有些低沉，仿佛带着我们回到了多年前的那一天。

　　"我从小无父无母，流落到音律阁，白染和我一样是被绣娘捡回来的。我第一次见他的时候，他正被音律阁的一群杂役欺负……他那样瘦弱，像只小鸡仔，明明只比我小两岁，看起来却像是个七八岁的孩子，可我一看他，便觉得他和音律阁里的任何一个人都不一样。他的眼神那般清澈，虽然被欺负，眼里却没有一丝怨愤也没有绝望。从小在音律阁长大，见惯了人情冷暖，我本不是个多管闲事之人，只是那日，我鬼使神差般地从那群杂役中救下了他。他看着我，满脸是伤，笑得却像七月的日头一样灿烂。他说，姑娘您真善良。许多人夸我美貌、艳丽，却从未有人说过我善良。"

说到这里，绿萝的嘴角泛起一丝笑意。只有在说起白染时，她的眼神才柔软下来，我想她对白染定是有着深深的爱恋。

绿萝顿了顿，扭头望向窗外。

不远处，秦淮河彼岸的太阳正缓缓西斜，将她整个人拉进了阴影之中，看不清她的神色。

"后来……后来……我当时年纪也不大，身无长物，那几个杂役自然是不会就这样放过白染，他们私下找到我，要我陪他们一晚从此便放过他。我想起白染的眼神，竟说不出一个不字。"说到这里，绿萝竟笑了，笑得有些凄然。

"你……"她将这么残酷的过往赤裸裸地撕开放在我们面前，我终究是有些于心不忍。

她看着我的样子，无所谓地笑了笑："我本是风尘之中的女子，这样做能让白染从此无忧，我从未后悔过，姑娘不必介怀。"说着又自嘲，"呵，怎么不知不觉地说到这些事上来了，还是说孟小姐吧。只是寻找白染下落一事……"她始终惦念着白染。

符桃正欲开口想要说些什么，我却抢先一步开了口："姑娘你只管放心，我定会说到做到。"

绿萝看了看我，没想到我答应得如此爽快，眼神稍稍柔软了下来，不由得感激地笑笑："姑娘也是性情中人。你们有所不知，那孟小姐的母亲其实也是音律阁出身。"

我心下无比震惊，虽只见过孟夫人几面，但却没有料到孟夫人与音律阁还有这般联系。

看我一脸惊讶，绿萝似是见怪不怪："有什么惊讶的，她只不过是有些手段，运气也好罢了。如今音律阁也换过好几位妈妈了，知道这事的人本就不多，大多还都被心狠手辣的孟夫人封了口，只是孟夫人还在这音律阁的时候，看我和白染都还只是孩子，才逃过一劫。"

"孟夫人怎会是如此心狠手辣之人？"我有些不可置信，而一旁的符桃始终静静地听着没有说话。

"为了隐藏过往，保住在孟府的地位，自然就能心狠手辣了。那孟小姐眼下如此，我猜测与孟夫人也脱不了关系。"

我一时不知该如何接话，倒是一直没有说话的符桃开了口："此话怎讲？"

"这话要从去年上元节说起，我本意只是想带白染出去逛逛，却不料酿成了今日这样的局面，真是后悔不已。去年上元节，我带白染去看花灯，街上人潮涌动，我和白染没多久便被挤散了，可谁知我们被挤散的短短两个时辰里，他却结识了碰巧出来看灯的孟紫苑。被白染那样一个干净的孩子吸引住，简直太容易了。此后，孟紫苑便经常偷偷来音律阁找他，我虽喜欢白染，但也知道自己是配不上他的，他是那样干净的一个人，而我……"

她顿了顿，又接着道："我看那孟紫苑也是个单纯善良的姑娘，也不嫌弃白染的出身，是真心为他们高兴。可当我得知孟紫苑是孟家大小姐的时候，我就知道，若是让孟夫人知道了这件事，白染只怕再无安宁之日了。"

叹了口气，她又继续："我劝白染远离孟紫苑。他本就是性情坚毅之人，自然是不肯的。但世上没有不透风的墙，孟夫人果然很快就知道了，她勃然大怒，当知道白染是从小长在音律阁后，更是怕自己身世暴露，当晚就派来了杀手，欲杀白染灭口。我悄悄送走白染，让他跑得越远越好。后来，没多久孟府里就传出了孟小姐昏睡不醒的消息，而白染至今也下落不明。"

一下子说了这么多，绿萝也似乎陷入了回忆之中，久久没有说话。

窗外，傍晚的一抹阳光顺着窗缝倾洒进来，破碎一地。

我逆着光站在符桃身后的阴影之中，抬头看着他在阳光下的侧脸，竟有些恍惚，觉得眼下他连眉角发梢都闪着莹莹金光。

而此时此刻的我，心情却是无比复杂的。

我一直知道孟小姐的事情不简单，却没想过害她的人最有可能的是她亲娘！身上不由得一阵恶寒，我明明看孟夫人那么急切地想让孟小姐醒来！难道都是装出来的吗？那也太可怕了吧！

我看了看符桃，他眉头微蹙，一脸若有所思的样子。

那位绿萝姑娘看我俩半天没出声，倒是先开了口："这便是我知道的全部了，还请二位不要忘了答应我的事。"说着在屋内仅有的抽屉里抽出一幅画，转身递给了我。

"这是白染的肖像，望姑娘找到他后第一时间告知我。若无其他事情，我便走了。"

我看了看符桃，他朝我微微点了点头。我想，那绿萝姑娘眼下心里也不怎么好受，便也没有阻拦。

可看着她远去的背影，我还是忍不住追了上去："白染之事，我自然不会忘记的。"

那抹黄色身影似是顿了顿，却并未回头径直离开了。

我心里很不是滋味，一半是因为那孟夫人，还有一半却是为了绿萝。回过身来，看符桃正在看方才绿萝姑娘留下的画，便凑过身去与他同看。

画中的男子十分清瘦，他站在盛开的桃树之下更显单薄，一双眼睛倒是十分清澈，果真不像个出身音律阁的杂役。只是不知为何，我越看这人越觉得似乎是在哪儿见过。

我抬头和符桃对视了一眼，我咽了口口水，挠了挠头道："这……绿萝姑娘口中的白染……别说我看他还挺眼熟。莫不是话本子看多了，里面描述的公子哥都是这个样子的？"

　　符桃看着我无奈地摇了摇头，顺手将那幅画收进了袖中。他抬头，看了看窗外："天色将晚，先去吃点儿东西，然后回孟府，看看接下来如何是好。"

　　他不说还不觉得，原来窗外天空早已被夕阳浸透。再摸了摸自己的肚子，中午就吃了个烤玉米，现下也的确是饿了，我忙应了声好。

　　出了音律阁，我才着实松了口气，幸好出来的时候没再遇上那位绣娘。

　　我又回头深深地看了一眼音律阁，它在夕阳的余晖中站得笔直，任凭秦淮河里的水从它身边流走，也不为所动。我不知道在这薄情寡淡的烟花之地，像绿萝这样的深情之人能有几个，像孟夫人那般心狠之人又有多少，而又有多少人的心酸泪水被埋葬在这金陵烟雨之中……

　　"先去吃点儿东西吧，来的时候看见前面街角有家酒楼不错。"符桃敲敲我的头，淡淡开口。

　　我扭过头点了点，便与他一同拐进了街角的那家酒楼。

　　店小二十分热情地将我们迎了进去，待坐定，我理了理额角的碎发小声开口问："你这回身上有钱吧？"

　　他看看我，伸手倒了两杯茶，一边不疾不徐道："这是自然。"

　　我这才放下心来，大胆地点起了菜。

　　我这人有个毛病，心里不舒服的时候胃口就特别好。凤尾说这是没心没肺，可我只是觉得，如果能将胃里填满，那么胃上面的地方就不会那么空落落的了。

不一会儿，桌上就堆了满满一桌子的菜。符桃看着倒也没说什么，只是一手托着下巴，一手轻轻叩着桌子，嘴角噙着一丝笑意，双眼定定地看着我。

这一看，搞得我罪恶感油然而生，跟做了什么伤天害理的事似的。我连忙夹了一个狮子头放进他的碗里，十分谄媚道："身家生死不能相随，我上次才同你讲过，是金子早晚要花光的！来来来你多吃点儿！"

符桃听了我的话，放下了撑着下巴的手，拿起了筷子夹了一大块清蒸鲈鱼放在我的碗中，也笑道："也是，只是浪费就不好了，记得要吃完。"

我看了看满满一桌子的菜，又看了看符桃那张笑意正浓的脸，只得讪讪地应了。

我一边戳着碗里的鱼，一边拔着米饭吃得起劲。

一抬头，符桃竟然还一直看着我。

是吃相太难看了吗？我顿时羞愧地低下头，道："你看着我干吗？看我能吃饱？"

符桃竟兀自笑了："你倒是比我想象中的坚强。"

我自然知道他在说什么，我放下筷子喝了口茶压了压，一本正经地对符桃道："其实我是不信的，即使孟夫人确实心狠手辣，也不信她会害自己的女儿，她明明在我面前，那般殷切地希望孟小姐醒来。但我也相信绿萝那样的姑娘说的一定是真的。所以这里面一定还有其他隐情。我不是坚强，我是相信人的心都是软的。"

符桃看着我淡淡一笑，又给我添了杯茶："是我小看你了。"

其实我心里是没底的，我虽然自小没有父母，但在百花涧七公、凤尾他们待我却都是极好的。记得小时候我很调皮，有次被山里的老虎抓伤，掌门和七公又有要事都不在涧里，差点儿没把大家给吓死。凤尾在我床边守了三天三夜；木枝师姐将书阁里所有的书都翻了个遍，只为找到一个暂时给我止痛的办法；云叔更是立刻翻身上马去寻远在千里之外的掌门和七公；七公火急火燎地赶回来。结果等我醒过来了，大家二话没说……呃……都回去补觉去了！总之，百花涧整整一个月的生意都给我搅黄了。即使没有血缘关系，大家也都这般待我，更遑论孟小姐的亲生母亲了。

符桃看着我，收起那副一贯的样子，正色道："我懂你的意思了，吃罢饭我们就回孟府。不管真相如何，当面对质也罢，我们一起去将这事了结了。"说着又往我碗里夹了一大块排骨。

我点了点头又拿起筷子："现下真相到底如何，也无从知晓，我还是一饭解千愁吧！"

符桃笑了笑淡淡地应了声。

我吃得正起劲，忽然想到绿萝给我的那幅画，便又朝符桃开口道："我跟你说真的！我真觉得，那画中的人长得很是眼熟！看来我得好好想想……"

符桃若有所思地看了我一眼，缓缓开口："别想了，说不定就是你话本子看多了。先好好吃饭。"

我懒得理他，自顾自埋头苦吃，一边回忆自己到底是在哪里见过呢？

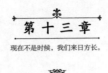

第 十 三 章

现在不是时候，我们来日方长。

　　出了酒楼，天色已经完全暗了下来。晚间的秦淮河两岸仍是灯火通明、喧闹依旧。

　　许是今天一下子知道了许多事，不知怎的我总觉得这喧嚣让人感到那么不真实。

　　符桃指着远处卖山楂糕的小贩问："买几个山楂糕回去给你吃可好？有助消化。"

　　我自是没有反对的理由。

　　买了山楂糕，我们便逆着人流朝通往孟府的小巷子走去。一进巷子顿时寂静了不少，月光倾泻在脚下的青石板路上。一路踏着细碎的月光，周围安静得能听见微弱虫鸣，以及我和符桃彼此衣服相互摩擦偶尔发出的簌簌声。

"那画中的人，你就不要再想了，我自会想办法。"符桃的声音在这幽深的小巷里不似往日的清冷，反倒十分温柔，竟让我有一丝不好意思起来，脸上也觉得烫烫的。

我连忙开口："你……你就是觉得我看话本子看多了是吧，也罢！"

接下来不知脑子怎么想的，总之我说了一句让我后来想把自己舌头给咬下来的话。

我伸了个懒腰，扭了扭脖子道："今日还真是辛苦，竟一下子知道了这么多事。我给你讲，若是要依照话本子的发展，我们知道了这么多秘密，一般来说肯定是要被杀人灭……"

结果"口"字还没说出口，一脚才踏进右边的小巷口，符桃就一把将我拉了回去摁在他怀里。

我正诧异他这是怎么了，一抬头，却只见一道银光擦着符桃的右脸一闪而过，符桃的右脸上便留下一道红色血痕。下一秒只听耳边"嗖"的一声，一支闪着银光的箭从我耳边划过，带着一丝凉意。

我一时愣在那里，心下惊叹，我不会这么乌鸦嘴吧！

符桃反应极快，护着我的头就往回跑，边跑边冲我道："平时看着挺机灵，关键时刻发什么愣呢！"

他很少这样严肃地同我说话，我立马回过神来，卖力地狂奔了起来。

虽然我觉得自己使出了吃奶的力，却还是被符桃半抱半拽地跑了一路，他一只手牢牢将我摁在怀里，连带着我的身体也被他挡住了大半，另一只手从后面紧紧揽住了我的腰。

我紧紧闭着眼睛，头埋在符桃怀里也不知道跑到哪儿了，是个什么情况。

符桃的步子渐渐地慢了下来，这时我才一边喘着气一边缓缓睁开眼睛看他。

他右脸上的血痕虽已结了一层薄薄的血痂，然而一颗颗血珠还在从伤口往外渗。他带着我跑了这么久，气息依旧平稳，仍是护着我的姿势扭头观察着我们身后的动静。

我欲从袖口中取出手帕帮他止血，却被他侧身一带，拐进了旁边的一条岔路，他揽着我快速躲在了一堆稻草后面。

很快，身后传来了嘈杂的脚步声，听声响至少也有十几个人。头顶上传来陌生森冷的声音："你们三个守住这里，剩下的人给我进去搜。这是条死胡同，他们跑不了！"

接下来，就是这群人四散开来的杂乱脚步声。

符桃一手将我护在怀里，一手轻轻拨开掩护的稻草观察情况。

听见脚步声渐远，我赶紧从袖口中掏出帕子，伸手擦他脸上的血珠。

我的手才刚刚附上符桃的脸，他正好扭过头来和我对视上，目光灼灼，看得我不好意思起来。

　　我压低声音不好意思地说："你……你流血了，怕你毁容了帮你擦擦。你还有没有别的地方受伤？你……你看我干吗？"

　　在他注视的目光中，我逐渐垂下眼睛，忽然意识到自己的手还附在他的脸上，像是被烫了似的赶紧将手缩回来，却一把被符桃抓住。

　　我吓了一跳，惊讶地看着他。他此时却是嘴角含笑，向我这边更近地凑了过来。

　　眼看他的脸离我越来越近，我的心"咚咚"直跳，他笑意更深。就在我俩的鼻尖快要碰上的一瞬间，他却突然转了方向，凑到了我的耳边，带着一丝得意轻笑开口："傻瓜。"

　　我整个头像被点燃了一般，轰地热起来，羞愧得简直想找个地缝钻进去，下意识伸手就想把他推开。

　　他却抓得我更紧，心情似乎十分愉悦地在我耳边继续吐气如兰："好了好了，现在不是时候，我们来日方长。"

　　来日方长个鬼！

　　我使劲把手从他手中抽回来，一边揉着手腕一边没好气地轻声抱怨："你还是先想想我们怎么逃出这个巷子吧！"

　　符桃看了看我，又看了看外面的情况，扭过头来正色道："好了好了，不闹了。现在这儿只有三个人守着，这是我们唯一有把握的机会了。你听着，一会儿我先出去解决那两个人，你再出来，不要停直接往街上跑。街上人多，想必他们也不敢这么明目张胆。"

　　我一边暗自腹诽不知是谁在闹一边故意说："你们折雪山庄

出来的人，武功怎么如此不济！你可知话本子里的大侠可都是以一敌百，你怎么连十几个人都打不过。"

符桃倒是不生气，依旧嘴角含笑朝我淡淡道："你看话本子的时候，话本子里可有告诉你，要是这名大侠身边跟着一个一点都不会武功的拖油瓶，那位大侠会怎样？"语气中带有一丝调笑。

我认真地回想了一下，淡定地开口："被拖油瓶拖累死。"

符桃："……"

迫于眼下形势，我不得不与符桃停止了有关个人能力与团队合作问题的深入探讨。

符桃起身正欲出去，被我伸手扯住了袖口。

我蹲在地上，仰着头看着他，凄凄惨惨地小声叮嘱："喂！你小心点儿！我、我的意思是，我一介弱质女流，手无缚鸡之力……你要是被摁倒在地了，我连反抗都免了，可以直接自己了断了。可是我……我眼下，还不是很想死呢……"

符桃正保持着往外冲的姿势，听了我的话退了回来，蹲回我的面前，伸手就弹了一下我的脑门，似笑非笑地说："放心吧，不会让你就这样死的。你就在这儿待着别动，闭着眼睛数数，数两百个数再睁眼。"言罢，随手抓起地上的一把碎石就冲了出去。

我哪来的心思数数，扭身躲在稻草堆后面，一眨不眨地看着外面的情况。

符桃刚一现身，就把手上的碎石朝其中一个蒙面人撒去，那人下意识拿手挡，符桃便顺势捏住了他的手腕，一把夺过了他手中的剑，漂亮地回身一刺，那人就直挺挺地倒在了地上。

动作极快，一气呵成。我甚至还有点儿没反应过来，符桃的武功果然深不可测。

另外两个蒙面人立刻反应了过来，拿着剑闷声劈头就向符桃刺去。

符桃脚尖点地，轻轻向后一跃，接下了那两人的剑，他似乎是将周身内力全部聚集于剑柄之上，顿时周遭强风四起，清冷月色之下，他的衣袂和发丝在空中舞动。

月光之下，他森然剑意如雪，纵身一跃，便又与那二人拉开了一段距离。他一抬脚，就将掉落在地上的一根树枝踢了出去，动作行云流水。

只见那树枝像是有了意识一般，直直飞向其中一人的面门，那人躲闪不及，生生被树枝刺中了右眼，顿时捂着眼睛哀号起来，连退几步跌倒在地遍地翻滚。

另一人见队友倒下，一发狠便举着剑直向符桃冲来，符桃急退几步，背脊已贴上了巷中的一棵高大的银杏树。

退无可退之时，他的身子突然沿着树干滑了上去，那人来不及收手，直直地刺上了树干，顿时漫天黄叶簌簌而落。

符桃凌空一跃，伴着漫天飞舞的黄叶翩然而下，转眼间，他已经落在了那人身后，他转身将剑迎风挥出，一道乌黑的寒光直取那人咽喉。

剑还未到，森寒的剑气已刺碎了夜风。

此刻，符桃的眼中是我从未见过的狠辣决绝，一剑长虹突然化作无数光影，向那人当头洒了下来。这一剑之威，已足以震散人的魂魄！

那人早已被符桃的阵仗惊得呆住，还未避闪连剑带人都被符桃一剑刺穿。符桃手起剑落，干净利落。月色之下漫天黄叶之中，他翩然落地，连发丝都丝毫未乱。

我有设想过他剑术一定很高，却未想过会如此出神入化。刚欲起身赞他几句，只见他身后不远处，竟又冲出一人来。

我的心瞬间提到了嗓子眼，下意识"噌"地就站了起来，朝符桃大喊道："阿桃！小心！"

我这么一喊，使得他二人齐齐回头看我。当我与那人四目相对的一瞬间，脑海中电光石火的一瞬间，有什么东西忽闪而过……

谁知下一秒，那人却转身将剑锋直直指向我，快速地朝我冲了过来。

眼看他的剑离我越来越近，我竟紧张得一动也不能动，我下意识闭上了眼，只等他的剑刺向我。

只听"噗"的一声，顿时我脸上一热……却感觉不到任何疼痛。

我缓缓睁开双眼，只见符桃不知何时已站在那人身后，他深黑色瞳孔紧缩，手中的长剑早已没入了那人的身体，生生刺穿了那人的胸口。那人的鲜血喷溅而出，溅了我一脸。

我顾不得一脸黏腻腥臭，直愣愣地往后退了两步，跌坐在地上。

"哐当"一声，那人应声倒了下去。顾不上拔剑，符桃急急向我走来，单膝跪在了我的身前，一手扶着我的肩膀一手轻轻擦拭我脸上的血污。

"身上可有哪里受伤？"他的声音竟有一丝轻颤。

我狠狠地闭了闭眼睛，浑身止不住地颤抖。顿了顿，我伸出双手紧紧地扒住了符桃的肩膀，指尖还在微微颤抖。

我死死盯着符桃，艰难地开口："阿桃……我……我认得他……我认得那个人的眼睛！他……他是……"

远处开始传来嘈杂的脚步声，想来刚刚的动静已经引起了其他蒙面人的注意。

符桃伸手将我扶起，恢复了冷肃的表情："先离开这里，其他的等会儿再说。"

被刚刚那么一吓，我浑身使不上一点力气，刚被他拉起来脚一软又跌回了地上。

符桃眉头微蹙，一把将我拦腰横抱起，转身往刚刚来的方向跑去。

嘈杂的脚步声紧随其后，越来越近，我脑子里一片空白。

跑到一处拐角处，符桃抱着我躲进了暗处。他轻轻将我放下让我倚着墙，小声叮嘱："你先靠着墙，我看看外面的情况。不要害怕，我在这里。"

我缓缓点了点头，符桃柔柔地对我一笑，用手将我额前凌乱的碎发朝两边拨了拨才扭过头倾身去探查情况。

第 十 四 章

清亮月色之下，
凤尾一脸惊吓过度的表情。

    黑暗之中，我的心情仍然难以平复，心脏依旧跳得厉害，刚才那血淋淋的画面还在我脑海中挥之不去。我低着头，双手捂着脸狠狠地摇头。

    就在这时，黑暗之中有一只手忽然搭上了我的右手腕。我一个激灵，左手立即揪住了符桃的衣袖，下意识扭过头不敢去看。符桃比我反应更快，他已经一手抓住了那人的手腕。抬眼一看，我和符桃当即愣在了那里……

    "是我！是我！我说你能不能下手轻点儿！疼啊！"

    "凤尾？你……你怎么在这儿？"看着不应该在此的凤尾，我一时竟有些语塞。

　　"现在是说这个的时候吗！符桃你的力气怎么这么大！疼死人了！怎么练出来的？"

　　符桃："……"

　　我："难道现在是说这个的时候？"

　　眼看凤尾又欲反驳，符桃却抢先一步开了口："别争了，离开这儿要紧。"

　　凤尾一边揉着被符桃捏过的手腕，一边心有不甘道："知道了！知道了！从这边走。"

　　好不容易看到一丝逃生的希望，我一路低着头只管往前跑。我们跟着凤尾七拐八拐好不容易走出了巷子，再一抬头竟已站在了荒郊野外。

　　黛色夜空中，月亮又大又圆，漫天繁星闪烁，河边的杂草丛中偶有萤火虫发出点点荧光。夜风裹挟着初夏夜独有的青草香气，穿过眼前的一片竹林徐徐而来，带来一丝沁凉。

　　而于我眼下的心境而言，这沁凉的夜风无疑与嗖嗖的阴风无异！眼看走在前面的凤尾不仅没有停下脚步之意，反而一往无前之势。

　　这还得了！我一把抓住凤尾的肩膀，将他扳了过来，脱口道："凤尾！你这是把我们往哪儿带？这荒郊野外的，我是看出来了，你和那些个黑衣人是一伙儿的吧！这下可好了，他们杀我们杀得更加无所顾忌了，杀完人都不必担心怎么处理尸体了！荒郊野外直接就地埋了多省事，连搬尸体也用不着了！"

情急之下，我竟然忘了，凤尾是个路痴。

"你……你急什么！我刚刚明明就是从这儿来的啊！这儿刚刚明明就是正大街啊！怎么……怎么一会儿工夫就变成荒山野岭呢？这肯定是海市蜃楼！要不就是有妖怪！"

符桃："……"

我："这种地方，哪里来的海市蜃楼！哪里来的妖怪！分明是你自己走错了。也怪我，忘了你是个路痴！阿桃，怎么连你也没拦着他！"

符桃颇为无奈地扶额道："我以为凤兄心中早有计划，会将我们安置到什么隐秘的荒野小屋之中……眼下……眼下看来，是我多心了。"

我："……"

凤尾一听我们这么说，当即便不乐意了，他抬头定定地望着我，正欲开口却堪堪停了下来。

清亮月色之下，我看见他一脸惊吓过度的表情。

我当即十分不满："看什么？没见过我啊！见鬼啦你！"

他一反常态没和我斗嘴，反而十分激动地一把抓住我的双肩。我肩膀被他捏得生疼，再睁眼一看，他的脸已经近在咫尺了，我下意识就伸手去推，谁知用力过猛，反作用力下自己也直挺挺地朝后栽去。

身后符桃稳稳将我扶住，凤尾朝后踉跄了两步还未站稳又急急向我冲了过来："小药！你怎么了？你哪里受伤了？怎么满身是血，连脸上都有！"他一边说一边焦急地上下打量着我。

我还未作反应，符桃一闪身已站到了我的身前。

"凤兄莫急，小药她并未受伤。"

我算明白过来，刚刚巷子太暗，这一路走得又急，想必凤尾是刚刚借着月色才看清我脸上的血污，以为我受了伤而替我担心。

我绕过符桃，径直走到凤尾面前，心里带着些感动道："我没事！就是原先有点儿吓到了，被你这么一闹，连害怕那点儿心思都没了。这些血都不是我的，你别急。"

凤尾仍是不可置信："真不是你的？"顺势就往手上吐了口吐沫，准备往我脸上蹭。

顿时，我心中的感动骤减，一脸嫌弃地拍开他的手道："你恶不恶心！不是我的！真不是我的！你就别担心啦！"

谁知凤尾眼珠一转，表情变得更加扭曲了。他一把将我扯了过去，压着嗓子吼："你杀人了？几天不见你还学会杀人啦！"

符桃："……"

这下我心中的感动荡然无存："呸！你才杀人了！你……"

未待我说完，符桃便开口打断了："杀人的是在下。当时情况，若是我不动手此刻你便见不到明姑娘了。"

我又白了凤尾一眼，恶狠狠道："你走丢的这几日，是连脑子也一起丢了吗？"说完我立即就后悔了，凤尾虽然和我们走散，但是事后毕竟我们没有去找他，而是直接来了金陵。

凤尾却不以为意道:"说到这几天,那真是三言两语说不清楚!我可是摊上大事啦!那日在广陵,我俩原计划不是反方向跑分散他们兵力,然后绕着广陵各跑一个半圆,最后在广陵城外碰头,再一起去金陵嘛。结果计划赶不上变化呀!可能是我跑的时候方向出了点儿问题,毕竟黑灯瞎火的,没有太阳在东方指路,我委实有点儿迷失了方向。结果、结果就跑向了清江浦的方向。"

我:"清江浦可是和金陵南辕北辙,两个方向,你就不要再为你的路痴找借口了!"

"喂!你先听我讲完,打断别人说话多不礼貌!"

我抓了抓头,顺势一盘腿坐在了杂草地上,深深地吸了一口气,顿时觉得人生十分绝望。

谁知凤尾兴致更胜,一边拉符桃坐下一边颇为兴奋地继续:"对对对,坐下,坐下待我慢慢道来。"

我抬头望了望天,而凤尾已经迫不及待地说了起来:"那日跑的时候,我可是连吃奶的劲都使出来了,反正不知怎的等我停下来的时候,我就已经在清江浦外围的山林之中了。当时我可是身无分文啊!你猜后来我怎么来的金陵?"

"把自己卖到勾栏院?"我挠了挠脖子随口道。

符桃的嘴角微微抽了抽,倒也没出声。

凤尾看见符桃强忍笑意的表情,愤愤冲我道:"你……你平日都在想些什么!"

"也没想什么,可能就是和你一起看话本子什么的看多了。"

我淡定道。

只见符桃的双肩微微抖动，眼睛看向了远处。

凤尾无力争辩，只得转移话题："刚刚说到哪儿了？来接着说。"

符桃："……"

我："……"

"哦，其实我是遇到了一位妙人！话说那日，正当我心下忧愁万分，不知该当如何是好之时，只见不远处，青山绿水环绕之中，似有一处人家，上前一看才发现竟是一间草堂。"接着，他又故作神秘的样子，"我心下正觉奇怪，就见远处走来一位翩翩公子。我和你们讲，那公子和我颇有'与君初相见，犹似故人来'之感。"

我心下暗自吐槽，你与谁不是有着与君初相见，犹似故人来的感觉，多稀奇！

凤尾说得越发起劲："我与他一聊才知道，他在这里建草堂就是为了在溪边泡个脚看个话本子，拾掇拾掇他收藏的书什么的。"

我："……"

"哎！我给你讲他还收藏了许多颇为经典的话本子呢！有些是我都没见过的孤本！我知道你素日最喜话本子了，来来来，我向那人要了一本给你！"

说话间，他已经伸手脱下鞋，从鞋底掏出一本早已被踩扁、味道也不怎么好闻的话本，向我递了过来。我当然是万分嫌弃的，连连朝后挪了两步。

我心里万分鄙视凤尾这种恶劣的行为，暗自腹诽，要不是我饲蛊之术实在不济，真想自己给自己下蛊，毒死自己算了！就不用听着凤尾说这些有的没的，还要闻他的脚臭味……等等！自己给自己下蛊？

一瞬间，我脑中忽然闪过一个想法……

"后来我就历尽千辛万苦到了金陵，好不容易找到孟府，结果那孟家人说你们医不好孟小姐已经离开了，我一听就知道不可能……"

凤尾还在我耳边喋喋不休，而我的思绪早已经飞远。

"小药，你想什么呢？有没有好好听我说话？"凤尾看我心不在焉的样子，拿手在我眼前晃来晃去。

"你说了什么？"

"我说！我历经千辛万苦才到金陵，那孟府的人却说你们走了！我一听就知道不可能！"凤尾刻意压慢了语速，一字一句地说道。

我一听这话，心里颇为得意："就是！你是知道的，我怎会是那种半途而废之人。"

"这倒不是。我只是觉得，毕竟七公已经收了钱，估计这阵子也该所剩无几了，料想你也不敢就这么跑了。"凤尾语气诚恳。

我顿时跳了起来："你这人还真是……等等！你刚刚说什么？你说孟府的人说我们走了？"

"是啊，怎么？"

凤尾这么一说，我更加确定了自己的猜想。

我与符桃对视一眼："阿桃！那些刺客是孟府派来的！"

符桃丝毫没有一丝惊讶："我知道。"

符桃微思考了一下，复又开口："那些刺客是冲你来的，你好好想想你是否在哪里看见了些什么？对了，方才在巷子里你似乎也有话要说，可是想到了些什么？"

刚刚被凤尾那些乱七八糟的事一打岔险些忘了的事，被符桃这么一问我立刻想起了方才要说的话。

我理了理裙裾正色道："阿桃，除去今晚，那个要杀我的人，我还见过两次。"

符桃骇然："两次？"

"嗯，两次。一次是在孟府，那人与我在孟府见过的一个家丁是同一人！还有一次，是在广陵城外的山里。你可还记得，当日我们遇到的那几个蒙面人？其中有一人，和今晚要杀我的是同一个。"

顿了顿，我又接着道："还有，我之前总觉得白染眼熟，那是因为我确实见过他。他就是那日在广陵城外被追杀的人，但是……眼下他只怕已是凶多吉少了。我见他之时，他浑身是血，眼看着气息也不太顺畅，只怕……只怕……"

我想到绿萝姑娘，心下很不是滋味。她默默为白染做了那么多，一心想要寻他的踪迹，若是知道他已死，又该有多伤心。

符桃似是看出我心中所想，语气缓和安慰道"事情既已发生，无从改变。眼下应当好好想想，如何救醒孟小姐。"

符桃说得在理，眼下救醒孟小姐最为紧要。我深吸一口气，朝他点了点头。

凤尾则是一脸迷茫地看着我们，于是我又将这些天我和符桃的经历讲给了他听。

他听完仰天叹息："你们这几天也真是一言难尽啊……照你这么说，那孟小姐确实中了蛊，但是你给她服下的解药和你的血都没有效果？"

我颇为泄气地点了点头。

"照你所描述的情况，那孟小姐中的应当就是眠空蛊呀！真是怪了！要说你学艺不精，制的解药有问题也就罢了！你的血怎么也会没用？"

我一听立刻不满了："你说什么呢！那眠空蛊又不是什么高深的蛊！我怎会制错解药？"复又犹豫了一下，冲符桃道，"刚刚凤尾乱七八糟地说了一大堆，我倒是有一个想法。你们说，孟小姐……会不会是自己给自己下的蛊？绿萝姑娘也说了，那孟小姐是在白染逃跑之后昏迷的，会不会她那时并不知道白染逃走了，以为他那时就被杀了，还是被自己的母亲杀了，而心灰意冷便自己给自己下了蛊？"

符桃和凤尾对视一眼，良久没有开口。

许久，凤尾悲切道："这样倒是说得通，但是如何才能证明呢？而且，如果孟小姐真的伤心至此，为何不直接上个吊？或者给自己一刀一死了之？她哪里来的眠空蛊？你可知，若是自己给自己下了眠空蛊，除非以心爱之人的心头血为药引子，否则是永生不能醒过来的。"

"或许她……就是故意的，故意不想醒呢？不过眠空蛊是最基本的一种蛊，只要有饲蛊的方法不难制成。其实我心里倒是希望我是错的……毕竟若果真如此，白染已死……那她身上的蛊便永远……"

"回孟府。如果真是孟小姐自己给自己下蛊，那么她房里总会有蛛丝马迹。"身旁传来符桃清冷的声音。

听他如此笃定，我反倒是松了一口气。

"可是……你们刚刚被孟府追杀……就这样回去岂不是羊入虎口？"凤尾有些担心。

"可眼下也只有这个办法了，而且……我也希望是我猜错了。"

"小药说的是。"符桃点头不置可否。

凤尾倒也不再坚持，于是三人一行朝孟府走去。

一路上，我总觉得有人在看我，我正纳闷，符桃就朝我递来了一方深紫色暗纹帕子。

"把你脸上的血好好擦擦。"

我这才意识到，我还顶着一脸的血！于是忙拿着符桃递过来的帕子，跑到水边打湿了擦脸。

月色下，我们三人的影子倒映在秦淮河上，夜色正浓，河水像新研的墨汁一样幽黑，浓得化不开，仿佛一晃神就要把人给吸进去。

我将沾了血的帕子浸入水中，愣愣地看着这幽深的河水，借着清亮月色，依稀可见帕子上的血迹一圈一圈在水中晕散开来，然后消失不见。

刚刚发生的一切，我仍是心有余悸。身后是凤尾和符桃轻轻的交谈声，在这寂静的夜里显得格外温柔，知道他们正站在我身后，忽然又觉得好像没有什么可怕的。

许是心中对孟小姐的事有了计划，便想着早日把事情解决了。心中顿时一片安宁，我起身扭头："好了！走吧。"

我们三人便一路快步朝孟府走去。

第 十 五 章

想动明姑娘，先看看我许不许！

眼下这种情况要想正大光明地走进孟府，已然与找死无异。

在与符桃、凤尾商议之后，我们一致决定从离孟小姐住处最近的侧门进去。

我和符桃很快就带着凤尾溜进了孟小姐的房间。

房中一切如常，只点了一盏灯，灯光如豆，孟小姐依然静静地躺着如沉睡一般。

为了不让人发现，我们三人只能猫着腰，小声交谈。

凤尾又仔细查看了一遍孟小姐的情况，也觉得她中的毒已解，身体也没什么别的异样。于是，我们便将视线转向了孟小姐房间里的其他东西，希望能找到蛛丝马迹。

可从摆放物件的架子到各个抽屉、柜子都被我们翻了个遍，却什么也没发现。

我盘腿坐在孟小姐床边的地上，双手撑着下巴两眼直勾勾地看着床上的孟小姐，小声叹道："你说你，到底怎么回事，是不是自己给自己下的蛊啊！你睡着不饿吗？"

"要是你，倒有可能饿醒。"符桃淡淡回着我的话，手上动作丝毫没停，依然在查看床边一盆花。

"哼！"我觉得无法和他好好交流了，于是把视线转向凤尾。凤尾正蹲在进门的圆桌那上下查看。

我恨铁不成钢地摇摇头："她又不是你，不会像你一样把什么私房钱啊、给别人写的情书都压在桌角下的！"

"你怎么知道！"凤尾一听，挂着一脸惊悚站了起来。

"我怎么不知道，不就是云山脚下那个卖冬菇的小公子嘛！"

"你……你居然还偷看！那哪里是什么情书！"

自觉失言，我连忙糊弄道："哪有！什么呀！不是我，是……是伙房的小张！对！是他……"

还未说完，就听见门外不远处传来了人声。

"什么声音？小菊，你看房里怎么好像有个人影？走，咱们快去看看。"

我一听，心都跳漏了一拍，赶紧示意凤尾和符桃先从侧面的窗户跑出去。可转眼那两个丫鬟已经到了门外，眼看就要进来了。

符桃最先反应过来，示意凤尾先藏起来，伸手一把将我推到了孟小姐的床底下，紧接着，自己也藏了进来。

我和符桃并排平躺在床下，扭着脸，观察着外面的情况。

"吱呀——"门被推开，一只穿着绿色绣鞋的脚先踏了进来。

"咦？没人。"其中一位姑娘开了口。

我正准备松一口气，眼睛一扫就看见了正躲在圆桌下，还露出了大半截腿的凤尾……更要命的是，他还正在把桌子上的锦制桌布往下扯，试图盖住他那大半截腿！

桌布本来就不长，桌上还摆着茶壶和茶杯，他再拽那茶杯和茶壶就要掉下去了！

本来说不定那两个小丫鬟还没注意到他，这下可好了！如果茶杯往地下那么一摔，想不看见他都难！

符桃也发现了凤尾的举动，打手势示意他停下，可那厮压根没往这边瞅！

那两个小丫鬟仍在谨慎地四处查看。

我深深地吸了一口气，绝望地将头扭正，可这一扭，便发现我正上方的床板上，好像粘着什么东西。

我下意识伸手将它扯了下来，竟是一本被牛皮纸包裹住的书。符桃也感受到了我的动静扭过头来看我，从书的封皮上来看这似乎是一本名叫"闻仙音"的琴谱。

我当即有些失望，却忽然想到这"闻仙音"不是古琴孤本吗？孟小姐一个弹琵琶的要古琴谱干吗？肯定有猫腻！我正欲仔细看看，符桃却闪电般安静又快速地夺过书翻开了。

　　这一看我心下大惊，这哪里是什么琴谱！这书的内容分明是七公让我看了无数遍我却依然学不好的最基本饲蛊之术！

　　我赶紧将书翻到了眠空蛊那一页，果然这一页上被密密麻麻地勾画注释了许多文字。

　　这样一来，我的猜测被证实了，心里一时五味陈杂很不是滋味。可是，悬在心中的疑惑却终于能落地了。

　　可我心中的石头还未能平稳落地，就伴着茶壶、茶杯清脆的落地声碎在了我的心里。

　　接着，不出意外地听见了那两个小丫鬟此起彼伏的尖叫声。

　　"啊！你……你是谁？怎么在我们小姐的房间里？"

　　我赶紧将书收进衣服里，和符桃从床底下钻了出来，准备抓着凤尾一起逃跑。

　　那两个小丫头见床底下钻出两个人，更是吓得一蹦三尺高彼此抱着尖叫连连，其中一个看清是我和符桃后便激动地骂道："你……你们！好啊！治不好我们家小姐中途跑了也就算了，现在还带人来想毒害我们家小姐！我看我们家小姐说不定就是给你们害了！"

　　我还没想明白，怎么我就从一个被请来救她们家小姐的人，变成了毒害她们家小姐的人，另一个小丫鬟就叫了起来："来人啊！有人要毒害小姐！快来人啊！"

　　我着急地想上前和她们解释一下，不能冤枉好人啊！

　　符桃一把拉起了我的手，回头冲凤尾喊了一声"跑"，未待我反应过来，整个人已经被他抓过去飞奔起来。

　　跑着跑着，谁知符桃却忽然停了下来，来不及刹车，我一头撞在了他脊背上，撞得我生疼。我"嘶"了一声倒抽了一口气，揉了揉脑瓜子，扭头道："哎，我说你怎么忽然停……"

　　这一抬眼，只见不远处火光蹿腾，正朝着孟小姐的居处迅速聚拢，想必刚刚的动静已经惊动了府里的人，火光迅速聚拢，转眼就将香雪海围了个水泄不通。

　　随即，一群家丁拿着火把和棍棒拥了进来，将我们团团围住。

　　"我倒要看看是谁，吃了雄心豹子胆，趁老爷不在主意打到了孟府头上。"家丁们迅速向两边退开，让出了一条路，只见孟夫人在几个彪形大汉的簇拥下快步走来，眉宇之间带着一分狠厉，完全不似以往的慈祥面容。

　　一看竟是我们，她眼中更是流露出一分狠辣："你们不是走了吗？"

　　我心里扑通直跳，眼下若想全身而退只怕是难了。

　　符桃看着倒是冷静，上前一步哂笑道："夫人说笑了，走没走您还不知道吗？"

　　那孟夫人眯着眼睛，反倒是坦然了似的，笑着道"你说什么？我听不懂。"

　　我心下暗道，这孟夫人真会装！

　　"夫人只怕是，巴不得再也看不见我们才好吧！"符桃平日说话一向淡淡的，今日却这般咄咄逼人，也不知打的什么算盘。

我心里没底，轻轻扯了扯他的衣袖，在他耳边悄悄道："你这么逼她，把她逼急了可怎么好。"

符桃并未开口，只朝我摇了摇头，我也不再好说什么。

倒是凤尾在我耳边嘀咕："素日里看着挺机灵，全是些歪门邪道，正经时候脑子倒转不过来了。这事当然闹得越大越好，最好把那孟老爷惊动了，把孟夫人和音律阁的事都抖搂出来，看那孟夫人如何交代！如此一来我们才有全身而退的机会。"

我心下了然暗暗地叹道，这符桃脑子还真挺灵光。

"哦？治不好我女儿请辞走了便罢，眼下大半夜偷偷跑回来有何意图？说话还带着刺！"

凤尾上前一步，嘲讽道："夫人说笑了，百花涧也不是徒有虚名，我们奉命前来，自当尽心解蛊，又何来请辞一说？夫人别毁了百花涧的名声！"

"哦，原来是你，今天下午来寻人的那百花涧弟子？"孟夫人笑着看了看凤尾。她一改以往温和贤良的样子，笑得竟有些诡异。

"夫人好记性。"凤尾不甘示弱地答道。

我心下正犯嘀咕这孟夫人到底唱的哪出，就只听符桃清冷的声音在耳边响起："说来奇怪，今日午后我与明姑娘见孟小姐并无起色便出去碰碰运气寻个别的法子，到现在才又回孟府，不知何时向夫人请的辞？"语气虽是淡淡的，却掷地有声。

那孟夫人笑得更开心了，朝着边上的老管家道："今日，可是他们亲口向你请辞？"

那老管家一听这话，立马跪了下来诚惶诚恐道："确有此事！确有此事！"

好一个信口雌黄的下人！

孟夫人看了看我们，笑着鄙夷道："听见了？只怕是自己没本事治好我女儿只得灰溜溜地跑了！眼下是想回来捞点儿什么东西跑路吧！我这府里刚好丢了些贵重物品，来人啊！报官！"孟夫人捏着兰花指拿帕子压了压嘴角，轻轻吸了吸鼻子，艳红色的指甲油显得格外刺眼。

我一听这话顿时就恼了，心中的火噌噌直往上蹿！他们竟还想栽赃陷害！

我还没来得及动，凤尾已经怒火中烧直奔孟夫人那儿了，势要讨个说法，却被符桃拦下："他们人多，你且冷静。"

眼看两人就要先较上劲了，我使出吃奶的劲将他俩隔开，凤尾愤愤地甩开了手。

我上前一步，定定地看着孟夫人，嘴角牵出一丝笑意冷冷道："我们是什么样的人？再不济也不像你这亲娘，为了保住自己断送女儿幸福！活活拆散女儿和她的心上人！"

孟夫人无所谓地笑笑："哦……你说的是白染啊。那小子不知天高地厚，癞蛤蟆想吃天鹅肉！孟府是什么地方，他那种出身也敢肖想？姑娘这么说还真可笑，做娘的有哪个能看着女儿日后吃苦而无动于衷的？"

真是不见棺材不落泪！

"何必找些冠冕堂皇的理由，你不过是害怕自己出身音律……"

"闭嘴！再胡说八道，仔细我撕烂你的嘴！"孟夫人将手绢冲我狠狠地甩了甩，打断了我的话。她手指直直地指着我，眼中尽是威胁，火光之中，她的面容有几分狰狞。

没料到她反应如此之大，我一时间也愣在了那里。

"夫人尽管逞逞口舌之利，想动明姑娘，倒要先看看你有没有那个本事！不说百花涧和飞霜门，先看看我许不许！"站在我身后的符桃上前一步，长袖一震，就挡开了孟夫人指着我的手，面带愠色丝毫不留情面。

当我吓大的啊！我当即更觉火大，正欲放狠话……等等！飞霜门？别是我前几日在广陵说飞霜门给他说昏了头吧！怎么把折雪山庄说成了飞霜门？

凤尾听了也诧异地看了他一眼，符桃却是一脸坦然。

符桃素日里总是十分平易近人，可如今他那样直挺挺地负手立在那里，神情严肃，仿佛睥睨一切，口中说出这番话来，有着说不出的威仪和气势，直叫对方先败下阵来。

符桃睨了孟夫人一眼，又淡淡地开口："孟夫人，你可知孟小姐是自己给自己下的蛊？"他嘴角牵出一丝冷笑，操着手冷眼看着孟夫人脸色渐渐变白。

"什么自己给自己下蛊？满口胡言！你给我说清楚！"孟夫

人的情绪开始有些激动。

我掏出了在孟小姐屋内找到的饲蛊之书，接过符桃的话："这书是刚刚在孟小姐房内床下找到的，上面所述是我百花涧饲蛊之术。孟小姐的笔迹，孟夫人应当认得吧？"说着，我将书翻到了眠空蛊那页，上前两步递到了孟夫人眼前。

孟夫人看着我递过去的书，半晌，眉头紧锁暗自抽了口气，似是不可置信。

她伸手就要从我手中拿过书，欲要仔细查看，我猛一转身，将书掖进了衣内退了回去，双手抱拳，微微欠身开口说道："孟夫人见谅，此书为我百花涧之物，虽不知孟小姐如何得来，但眼下看来决不能再使它流落在外了，想必刚才孟夫人已经看得很清楚了。"

我顿了顿，看了看还沉浸在惊讶中说不出话来的孟夫人，忽然就觉得她有些可悲，我吸了口气缓缓道："你可知自愿服下眠空蛊之人，欲要解蛊，必须要以自己心爱之人的心头血为药引。眼下那白染，只怕……"

一股脑将这些话全都说了出来，我心下反倒有些戚戚然，这么大一块石头砸在了水面上，指不定要掀起多大的水花来。

我心下没个底，抬眼怯怯地看了看符桃，他反倒朝我柔柔地笑了笑，示意我没事。心下稍稍安定，再去看那孟夫人，一脸如遭晴天霹雳一般。

符桃接着我的话开了口："夫人为了隐瞒真相，一心要杀白染，连我们也不肯放过，昨晚还派人欲将我们灭口。夫人可曾想过正因如此反而害了孟小姐！不知在孟夫人心里，是自己的女儿重要，还是为了隐瞒过往，保住自己那可笑的自尊更重要？"

果然是孟夫人要杀我们！

孟夫人脸色煞白，踉跄地退后了一步。

孟夫人还未开口，符桃又理了理袖口，不屑道："不过如今，要杀我们二人之人已死，死无对证，孟夫人自然是说什么都可以。"

"一派胡言！"孟夫人甩了甩袖子，满脸怒色，语气十分不善，但声音中却有一丝颤抖，全然不见刚刚的凌厉。

符桃丝毫不留回旋的余地，紧接着道："我是不是胡言，想必孟夫人心中已有判断。刚刚书中的字迹，想必孟夫人也看得很清楚！至于孟小姐为何如此，有些事，孟夫人心知肚明我就不再赘述了。说来也巧，前几日来金陵的路上，曾于深夜在广陵城郊无意撞见这画中之人。"说着，符桃从袖中拿出了白染的画像，将画展开来。

我心里满腔的愤怒，伸手拿过了白染的画像，摊在孟夫人面前，愤愤道："仅仅只是拆散还不够！一心还想着杀人灭口！你一心置白染于死地，却也害了自己的女儿！孟小姐身中的蛊术如今已解，可是没有白染的心头血是如何也醒不过来的！她心中执念极深，若是再不醒来，不出一年半载便会因精气神消耗殆尽而成为一具枯骨！"

孟夫人如遭晴天霹雳，几度站立不稳，身边的家丁上前扶她，被她一把推开。

"胡说！我不信！"

真是自欺欺人！我又欲开口，谁知一个小丫鬟忽然从人群之中挣脱出来，边哭边扑倒在了孟夫人跟前。那不正是孟小姐的贴身丫鬟吗！

那小丫鬟一边抹泪，一边抽泣着开了口："夫人……是真的……这是真的！我自幼跟在小姐身边，小姐的心思我再清楚不过了。那日，小姐与白公子的事被您发现之后，小姐便知道，夫人您只怕是不会再让白公子活命了，后来您果然派了人去杀白公子。小姐万念俱灰，觉得是自己母亲杀死了心爱之人，觉得生无可恋不如一死了之……"

缓了缓，那小丫鬟又接着道："我不知道该怎么劝小姐，小姐又不让我说出去……我……我……后来有一日，小姐忽然说，让我去偷偷帮她寻几味药草……我看那几味草药没什么异常，都是极其普通的草药……又想着，小姐被夫人派的人看得那么紧，应当不会出什么事。可万万没想到……那日小姐忽然同我说了好多话，还打赏了我许多首饰……说……说自己活了十几年却不知是为了谁而活，说自己觉得好累想睡上一觉，还说自己其实没什么可以眷恋的，只是……只是好想再见白公子一面。我吓了一跳，我以为小姐她是暂时想不开，便劝小姐好好睡一觉，醒了就好了。可是……可是小姐竟一睡不醒……我……我真的没想到会这样，我害怕被责罚一直不敢说……我对不起小姐……眼下明姑娘说……说小姐恐怕是不好了……我……我不能让小姐就这样去了！求夫人……求夫人让白公子来见小姐一面吧！白公子来了，一定会愿意用自己的血救小姐的！"说到这里，那小丫鬟已经泣不成声，哭喊着给孟夫人磕头，求夫人救救孟小姐。

听了这话，那孟夫人颓然倒地，呆呆地跪坐在地上一言不发。

其实，我心里对孟小姐的事情早就知晓了七八分，可看到这样的场面胸口还是像塞了团棉花一样堵得难受。凤尾并不知晓我和符桃在孟小姐房中找到了这些，一时也有些震惊得说不出话来。

符桃看我一副悲痛的样子，在一旁轻轻地握了握我的手。

孟夫人一时无话，似乎在强忍着什么，她紧握双手开了口，听不出情绪："白染已经死了……"她的声音有些沙哑。

其实我早就知道白染活着的可能性不大，可是眼下，当孟夫人明明白白将这话说出来的时候，我心里最后的一丝幻想也被打破。我想到绿萝，不知她知道白染的死讯又会如何……似乎一下子有什么东西在心里被打破，决了堤。

孟夫人像是魔怔了一般突然仰天大笑："我亲自派人杀死了救醒我女儿的唯一方法！我以为那样我才能解除后顾之忧，才能荣华富贵一生尽享，她也才能活得更好！她……呵呵……可是她要的不是这些……"笑着笑着眼中蓄了泪。

她像是受了极大的刺激，欲起身却站立不稳摇摇欲坠，像一片枯叶坠了地没了生气，最终在下人的搀扶下才勉强站了起来。

第十六章

这世间的哀愁别离，本就无止无休。

　　东边渐亮，晨光熹微，粉橙色的朝霞将黛色的天空一点一点吞噬殆尽，初阳给天空中的流云镀上了一层金边。本是奇伟瑰丽的壮阔景色，此刻却尽显苍凉。

　　仿佛一夜之间沧海桑田了，孟夫人竟生出了一脸颓唐，江南巨贾夫人的气派和威仪荡然无存。

　　我看着她一脸的灰败之色，觉得这一夜对她来说太过漫长。漫长到一夜之间，她的眼角平添了许多皱纹，仿佛连头发都灰白了不少，一夕苍老。

　　其实我有些于心不忍，虽然她自私狠辣，毕竟也只是个母亲，可怜天下父母心。

　　我犹豫着上前两步，想开口安慰，却不知该说些什么，站在她面前我多少是有些抱歉的，如果我不将这些真相说出来，也许她还可以抱着希望再过一阵子。

　　"你们走吧。"孟夫人的声音透着浓浓的疲惫与绝望，言罢深深叹了口气，再不理我们，转身离去。身影在这朝霞之中形影相吊，显得那样孤独无望。

　　既然夫人都发了话，那些个下人也兀自散了，只有孟小姐的贴身小丫鬟还跪在那里一动不动。也是个忠心的丫鬟，我朝她走去，伸手扶她起来，她却不肯。

　　"若是我早些将这些告诉夫人，白公子便不会死了，小姐也有救了是不是？"

　　凤尾和符桃不知什么时候已经站在了我身后。见状，凤尾上前搀她起来，一改平日的不正经："你先起来吧，告诉你家夫人，将人参切片，每日早晚给你家小姐含一片，可减缓她体内精气神的流失。在这期间你需得多同你家小姐说说话，你应当是最了解她的，多陪她说些她以前喜欢的事，也许她觉得人世还有许多眷恋，到时说不定自己就醒了。"

　　"你说真的？"那小丫鬟眼里似乎又有了希望。

　　"自然是真的，我从不骗人的，不信你问她。"凤尾说着，下巴朝我扬了扬。

　　我知道，人参确实可以暂时减缓孟小姐的精气神流失，但说叫她醒来恐怕是不可能了。可看着那小丫鬟满含期待的眼神，我怎么也说不出这些话来。也罢，也许真有奇迹呢！

"是呀！他说的都是真的。"

"真的吗！太好了！我这就去陪我家小姐！不对先去叫人切人参片！不对！还是要先去告诉夫人！"说着，她就着凤尾的胳膊站了起来，跪得久了腿都跪木了，她一瘸一拐地朝主厅跑去。

我看着她的身影，心里想着，这样也好，人若枯死在希望面前，只怕都要步了那孟小姐的后尘。

我抬头，望了望远处的天际，我扭头对符桃和凤尾道："此事处毕，我们走吧。"

符桃看着我似欲开口说些什么，最终却什么都没有说，只和凤尾一样对我点了点头。

临走前，我们一致决定先在金陵的客栈留宿一晚，毕竟这一晚上下来，大家都是疲惫不堪，疲劳驾驶也委实容易出安全事故。

刚找好客栈，我便准备去趟音律阁，虽然白染已死，对绿萝来说并不是个好消息，可终归是得告知她一声。

符桃要同我一起，我本欲拒绝，他却十分坚持，说外面并不安全。倒是凤尾那家伙，完全不关心我死活似的，说是要趁着在金陵的最后一晚好好出去逛逛。我懒得理这没心没肺的家伙，便将他打发出去了。

午后的阳光有些刺眼，我站在音律阁的门前，掌心竟渗出了一层薄汗，不知如何向绿萝姑娘开口。我在心里百转千回，暗暗地打着腹稿。

"要我陪你进去吗？"符桃看着我，眼中却有着细碎的温柔。

我摇了摇头，低下头，叹了口气："不了，我还是自己去吧。"

符桃再没坚持，他冲我微微点了点头，嘴角噙着一丝笑意，道："去吧，我在这里等你。"

我点了点头，用力将手在裙子两侧蹭了蹭，转身进了音律阁。说明来意，我很快被门童带去了绿萝的房间。

我与绿萝姑娘站在窗前，屋内一片寂静。

"姑娘可是有了白染的消息？"绿萝的声音在这房间里显得有些空灵。

她这样期待从我口中得到白染的下落，白染已死这句话，要我如何说出口？

我心中五味陈杂，扭头望向窗外。

窗外，日头正盛，拿着风车和糖葫芦的孩子们从街那头嬉闹着向街这头跑来，那么明朗的笑容，仿佛阳光都在他们的脸上跳跃。

此刻，符桃就站在楼下，他双手负在身后，站得笔直，颀长的身子在阳光下投射出长长的影子。他正遥望着远方，隔得太远我看不清他脸上的神色。

那群嬉闹的孩子从他身边跑过，一个扎着羊角辫的小孩不知怎的，一不小心就跌倒了，哇哇大哭起来。符桃立即上前，弯腰将那小孩扶了起来，轻轻拍了拍小孩身上的灰，不知又对那小孩说了些什么，那小孩立马停止了哭泣，欢快地追着已经跑远的那群孩子去了。

符桃理了理自己的衣衫，很快又站了起来，似是察觉到了什么，他突然回首，和煦的暖风里，发丝飞扬，衣袂翩然，身后是"万锦楼台疑绣画，九原珠翠似艳霞"的壮丽景色。他嘴角隐有温和笑意，只微微朝我笑了笑，便堪堪叫我定下心来，我回以微笑，坚定了自己的想法。

我扭过头挤出一个夸张的笑容，尽量放缓自己的情绪："他去了更好的地方，在那里他和孟小姐……他们在一起了。"

绿萝眼中的情绪一闪而过，我看不真切。

半晌，她才幽幽地开了口："是吗，这样很好，是再好不过的了。"语气是出乎意料的平静，嘴角还牵出一丝笑意，只是她的眼中隐有泪珠滚动，看着让人不由得心酸……

从音律阁出来，与符桃并肩而行，我难得的一路无话。

符桃将我送到了我的客房门口。

我转身欲走，符桃却忽然开了口："这世间的哀愁别离，本就无止无休。天道无常，又能有几人得以窥破？有幸得此倏忽之身，遍观红尘春花秋月，便应觉足矣。"他仍旧是一如既往的清冷声音，似是犹豫了一下，他抬起手轻轻地在我头上揉了揉。

他总是这样，一眼便看穿了我的心思，一句话便直中要害。

我冲他点了点头，并未开口，回身进了屋子。

这一夜，我翻来覆去，到最后仍是睡得极不安稳，早早便起来了。下了楼，符桃却早已经起了床。

符桃一向起得早，正在客栈的院子里舞剑，他本就是棱角分明之人，眼下又全神贯注在舞剑之上，神色凌厉，面容更显立体。

院内的双球悬铃木落了一地的叶子，他身姿落拓一套剑法舞下来，剑气如虹，掀起漫天的落叶，发出簌簌的声响。

似是察觉到有人前来，他一转身收了剑气，还未扭头，便先开了口："明姑娘今日倒是起得早。"

他舞剑舞得甚是赏心悦目，连带着我的心情也好了几分："哪有你早！你怎么知道是我？"

"习武之人，早起惯了。每个人的脚步声都不同，我听脚步声能听出是你。"他笑了笑，手腕微微一转，转出了一个漂亮的剑花，顺势将剑收到了身后。

"哎哟！你俩一大早就腻歪上了？"不知何时，凤尾也从楼上下来了，站在了我的身后。

"凤兄，早。"符桃淡淡地应了声。

"不知是谁，一大早就开始胡说八道，我说你昨日何时回来的？跑到哪里浪去了？"我白了凤尾一眼，没好气道。

"不过随处走走，只不过走着走着就不知道走到哪儿去了，所以才会回来得晚！"凤尾不以为意。

果然是个路痴！

我们三人一边说着话，一路朝客栈的大堂走去，围坐着准备吃早餐。

邻桌的几个公子哥正绘声绘色地交谈着，声音太大，便直直传入了我的耳中。

"说来，金陵城最近这几日还真是邪门！"一位着金色绸衫的男子先开了口，言语之中尽是神秘。

"哦，此话怎讲？"一旁的绿衣男子十分好奇地问道。

"你们可知，那孟府的大小姐昏睡不醒之事？还有那音律阁失踪了一个什么……什么下人的事？"那金衣男子一手打着扇子，一边悠悠地开了口。

"嗨，我当什么事呢！这事我早就知道了！"另一边着酱红锦袍的男子开了口。

"啧！你听我讲完啊！这一连两个人出了事也罢了！你可知昨日音律阁的花魁，就是那名动金陵的绿萝姑娘，在自己房中上吊死啦！"那金衣男子迫不及待地一口揭秘。

"什么？此话当真？我前几日还去音律阁同绿萝姑娘喝了酒呢！"

"千真万确！我昨晚就在音律阁，喝酒喝得正欢，忽然听见有丫鬟的惨叫声，我跑过去一看，一群人围在绿萝姑娘的房门口，才发现那绿萝姑娘上了吊，早已经断了气！"

"怎么会，前几日我看着还好好的！怎么就忽然想不开了？

呵！那绣娘失了个头牌，眼下肯定正扼腕叹息吧！"锦袍男子似是不可置信。

"谁知道呢！不过啊……"

飞霜卷·完

第 十 七 章

后记　蛊毒难解，却比不得人心难测。

　　那三人又说了些什么，我一句也没听进去，只觉得自己的心口像破了一个口子似的，有大风呼呼地刮过。

　　符桃不着声色地扯着我的后领，轻轻将我往后一带。只听"啪"的一声，我手中的调羹应声落在了汤碗里，溅了凤尾一脸。

　　凤尾一脸茫然地抬起头看着我，一脸的生无可恋。若是平日里，见凤尾这般德性，我必定会狠狠奚落他一番，可今日我却是如何也笑不出来了。

　　我的手还僵在空中，看着凤尾一脸无辜的表情，咽了口口水，木然地开口道："对不起，我……我不是故意的。"

　　凤尾一脸"你吃错药了啊"的惊讶表情，许是猜到几分我的心思终是欲言又止，拿自己的袖子抹了把脸，若无其事地又吃了起来。

符桃顺势往我碗里添了些小菜，也并未开口。

我愣着神，呆呆看着符桃和凤尾："我是不是……不该将真相告诉她，昨日，她还活生生站在我的眼前，她……"

凤尾严肃地盯着我看了半天，半晌似乎下了很大的决心，痛心疾首、毅然决然地将刚刚他夹进自己碗里的最后一个牛肉锅贴夹了起来，转向放进了我的碗里。

我："……"

符桃放下手中的筷子，微不可闻地叹了口气："如若是你，是愿意被蒙在鼓里一辈子，还是活得清楚明白些？"

"以她的性子自然是……"我还未开口，凤尾倒是先脱口而出了。

"我？"是啊，我本就是这样一个直性子，总觉万事总要清清楚楚明明白白才好。如若是我，定是不愿被蒙在鼓里一辈子。真相虽然残忍，却总好过自欺欺人地活着。

"那绿萝姑娘一看便是个性情坚毅之人，想必她对此事早有计较，是他人无法左右的。"符桃看着我，语气平淡却透着一丝温柔。

我想起昨日，她得知白染已死的消息之时，那般平静，没有一丝波澜的眼中闪过的那抹情绪，我想我终于知道那意味着什么了，那是她心中的决然，竟是那般惨烈决绝。我知道符桃说的句句在理，却始终无法如他那般冷静自持。

晚些时候，原本万里无云的天空下起了淅淅沥沥的小雨，我们三人雇了辆马车起程离开了金陵。

马车在泥泞的山路上缓缓前行，车轮滚过碎石、水坑发出钝钝的声响。

符桃与凤尾在车外驾车，我一人坐在车内。撩开一侧的锦帘将头探出车窗外，漫天的蒙蒙细雨很快打湿了我额前的碎发，我最后回头看了一眼那离我越来越远的金陵城。

从半山腰徐徐回望，整个金陵城在烟雨朦胧之中看不真切，我恍惚觉得，这金陵就好像一个烤制精良、绘图富丽堂皇的花瓶，可这花瓶上却蒙了一层灰。

放下锦帘，我退回车内。

我想，这蛊毒难解，却比不得人心难测……

金陵卷·完

第十八章

在路边哭得稀里哗啦的灰扑扑少年，
竟是个武艺高强的护卫统领！

离开金陵这一路本还算是顺利，只是如果没了凤尾那家伙，便会更加顺利。

话说几日前，符桃本是见我从金陵出来就没什么精神，连话都比平日里少了些，便买了几本话本子给我，好叫我看着玩，转换转换心情。

可眼看着画本子看完了好几本，我还是一副生无可恋的样子。于是这天，符桃又买来一兜瓜子，来找我聊天。

其实说实在的，几日以来我整天摆一副苦瓜脸这事，还确实不能怪我，主要是符桃这人什么都好，就是不大会买东西。

比如上次，他竟花了整整五两银子给我买了对华胜，虽然这样说委实有些不厚道，毕竟他是给我买的，不过五两银子买对华胜确实是有些贵，我肉疼。

再比如说这次，他给我买的这几本话本子，先不说他一下子就买了几本回来，可他口中书摊老板强烈推荐的金品书目，全都跟一个模子刻出来的似的——女主角不是得了绝症，就是死了爹娘；男主角不是邪魅狷狂，就是为了女主角少了胳膊断了腿……这年头，还能不能好好让人谈个情说个爱啊！我本来挺爽朗的一个人，看着看着生生给我看出了阴郁之情！好不容易有那么一本还有些意思，结果看到了最后，作者却给我来了句"欲知后事如何，请待第二部"……这能不让人抑郁吗？

符桃是从来都不看这些乱七八糟的东西的，他自然不知道我到底是为了什么郁郁寡欢，以为我还在因金陵之事黯然伤神，便买了瓜子来找我，估计是想劝解劝解我。

我看他整天一本正经的样子，还以为他是要就整个气候变暖问题和我交换意见。虽然这个命题我不太擅长，但是一连好几日，我都一个人坐在马车里看着那些个糟心的话本子，好不容易有个人来同我讲话，我的话自然是多了些。

于是，我一边嗑着瓜子，一边和符桃扯东扯西说得忘乎所以，完全忘了眼下只留了凤尾一个路痴在外面驾车。

于是，独自在外驾车的凤尾，果然没让人失望地迷失了方向……

于是，我便再也不敢随便抑郁了……这一抑郁，便委实又让我们多走了不少弯路。

这不，眼下我和凤尾就站在这个不知名的地方，无所适从。

符桃倒是一如既往的淡定从容。他叹了口气，再没说什么，便径直前去查看地形，只留我和凤尾两人坐在路边，大眼瞪小眼。

闲来无事，凤尾那厮又开始不安分起来，瞅上了路边的一位白衣少年。

少年一袭白衣已经脏得不成样子，正在路边哭得伤心欲绝。

我拦不住凤尾，好吧，其实主要是我也有些好奇。于是，我们二人便一起朝少年走去。一问才知道，原来今日是这少年母亲的忌辰。

少年哭得十分悲痛，一边哭还一边上气不接下气地道："呜呜呜……我自幼丧父，全凭母亲一人将我拉扯长大。呜呜呜……如今还未看到我成家立业。呜呜呜……却先驾鹤西去……呜呜呜……"

我看那位少年哭得十分悲痛，正想着该怎么劝劝他。

这时，一旁的凤尾倒是先开口了："这位公子你莫要伤心了，逝者已矣，你要辩证地看待这个问题啊！虽说你母亲去世了，但是你想想好的一面啊！你看，现下的婆媳问题多严重啊！你说，你母亲这一去，你以后就不用担心婆媳关系紧张了嘛！再说了，你给喜欢的姑娘说你父母双亡，不用伺候公婆，她肯定会十分乐意嫁给你的！"说完还自认为很满意地点了点头。

我："……"

白衣少年："……"

我看着白衣少年那一脸吞了苍蝇的表情，心下暗道，怎么忘了凤尾素日在涧里最有兴趣的一门课就是哲理课了。但因他经常口不择言，教哲理课的老头时常被他气得一边哆嗦，一边指着他骂"朽木不可雕也"。

我刚想出言说些什么，好叫这白衣少年不至于气绝朝我们吐口水。可还没来得及开口，我和凤尾就被突然出现的符桃直接拖走了……

走出老远，凤尾还十分欠揍地问了句："如何？我方才说的，是否十分动之以情，晓之以理？"

符桃手搭眉骨，扭过头不愿说话。

我扶额，扭过脸不想再看凤尾那张欠揍的脸。

很久很久后，我才知道，白衣少年名叫裴宁。他在这整个故事里，是个颇为重要的人物。谁能想到一个在路边哭得稀里哗啦的灰扑扑少年，竟是个武艺高强的护卫统领！

……

经过符桃的一番探查，发现这短短的半日，凤尾就将我们带偏了老远。眼下，我们正处于堰城的境内。

这堰城是大业与南蛮的交界处，地属军事重镇。而一提到堰城，就不得不提钟离一族了。

钟离一族历来作为堰城之主，世代守护大业与南蛮的边境。而这堰城钟离氏在大业可谓是无人不知，无人不晓。

钟离一族的历史，上可追溯到大业开国皇帝慧真帝的时期。传说中，这慧真帝与钟离一族的先祖钟离裴之间，更是有着说不清、道不明的纠葛过往。

钟离裴本是慧真帝的近身护卫，自幼与慧真帝一起长大。

那年，正是陌上梨花烂漫之时，情窦初开的慧真帝，惊觉自己一生挚爱的竟是朝夕相伴的近卫钟离裴。

几番苦苦思量，慧真帝下定决心，欲以一封情书向钟离裴诉说衷肠。可谁料，那钟离裴竟和他的亲妹妹昌平公主对上眼了，还向他请旨赐婚……关键是，这么多年来，这二人是怎么在他眼皮子底下暗通款曲的，他都不知道！

无奈，身心俱疲的慧真帝只得下旨赐婚、加爵赐封，远远地将钟离裴与昌平公主打发到了郾城这边境之地，彻底眼不见心不烦。

不过这些，也都是从话本子和云山脚下说书的刘快嘴那里道听途说来的，这二人之间到底如何，世人也是无从知晓了。

总之，从慧真帝那一代开始，钟离家的一家之主，一直都是世袭一等爵位的护国栋梁，几百年来深受盛宠，经久不衰。

朝堂之上，但凡只要提到钟离家，大家皆是趋之若鹜。江湖传说，历代钟离家嫡出的公子、小姐一到适婚年龄，钟离家的门槛就会被那些个朝中重臣、江湖名士给踏破了。

不过近些年来，却听说新任城主钟离瑾虽然将钟离家治理得风生水起，行事风格却一改以往的中庸作风，趋于狠辣决绝。

我和符桃正商量着眼下该何去何从，而半天没说话的凤尾，却在这时忽然发问。

"小药，你看那人是不是木枝师姐？"他惊讶地晃晃我的胳膊，指着远方一个模糊身影。

"哪里？"听了凤尾的话，我连忙扭身朝他手指的方向看去。

只见不远处，一个素衣女子好像正在向路人询问些什么。

"身形倒是十分相似，不过距离太远我……哎！好像还真是木枝师姐！你看那女子手上，也戴着一串红色手串！"

"咦，还真是！"凤尾倾身仔细看了看那人的身影，连声音都拔高了一级。

确认真是木枝师姐，我立马欢快了起来，和凤尾一前一后朝她的方向跑了过去。

"师姐！"我一路小跑一边朝着那抹素色身影挥手，转眼便来到了木枝师姐的身边。

木枝师姐见到来人是我们，十分惊讶。半晌，她才向方才与她交谈之人道了谢，回身问我们道："你们怎么到这里来了？不是去金陵帮人解蛊的吗？"

我叹了口气道："唉，说来话长。金陵的事情已经处理好了，眼下准备返回涧里，结果凤尾那厮走错路了！"说着，我愤愤地瞟了凤尾一眼。

凤尾耸了耸肩，讪讪地干笑了两声。

木枝师姐扑哧一声笑了出来，无奈道："你们二位，真是够了……打小便是这般嬉嬉闹闹的。我记得小尾好像从小就不认路，想不到这一晃许多年过去了，这毛病还没治好。"说到从前，木枝师姐的眼里有了一丝光亮。

"我才懒得理他！不过师姐你刚刚和那人在说什么？你怎么一个人跑到这边陲之地来了？"我拉着木枝师姐的衣袖，笑嘻嘻地同她说着话。

"我……我刚刚是在找人问路，我来这里，是要去趟堰城……有些事情。"木枝师姐笑容有些牵强，语气中颇有几分吞吐。

"你一个女孩子，去堰城做什么？那个谁没……"凤尾话还没说完，就被我用手肘顶了一下，不得不住了口。真是哪壶不开提哪壶！

此时姗姗来迟的符桃不着声色地岔开了话题，他微微颔首向师姐道："多日不见，师姐可好？"

见符桃前来，师姐连忙朝符桃弯了弯腰："还好，还未感谢符公子上次仗义出手，那些银钱……"

"师姐不必介怀，师姐此去堰城可是有事？"符桃四两拨千斤地将话题转了回来。

师姐犹豫了一下，右手无意识地搭上左手的手腕，轻轻摩挲着腕上的珠串，眉眼一低似有无限哀伤："我……去找一样东西。"

"去找什么？可需要帮忙？"我拍着胸脯，豪情万丈地开了口。一旁的凤尾也连连点头。

木枝师姐沉吟良久，却并未回应。

"师姐不妨说来听听，多一个人也是多一份力量。"符桃站在我身边，淡定地开口。

木枝师姐默默地抓了抓裙裾，似乎是下了很大的决心，竟忽然朝我们三人鞠了一躬。不待我们反应过来，她已经起身，看着我们三人，咬了咬嘴，终究还是开了口："实不相瞒，我前些时日急需用钱，还有我今日欲去堰城……都是为了寻一样东西。"

"哦？何物？"符桃似乎很有兴趣。

木枝师姐舌尖轻颤，口中缓缓吐出三个字："君影草……"

第 十 九 章

明姑娘要去的地方，
在下自然是奉陪到底。

"君影草？"我颇为意外。

"师姐说的，可是传说中的君影草？"符桃眉头微蹙，一手撑着手肘，一手抵着下巴。

连凤尾也十分惊讶地看向木枝师姐。

让我想不到的是，符桃竟也知道君影草！

君影草是传说中的植物，又名铃兰、山谷百合，味甜，花色白如雪，且如同铃铛一般坠于枝干之上，随风飘摇，因此也叫风铃草，是一种十分漂亮的草本植物。

但是，这般看似清新无瑕的君影草却有着极高的毒性，特别是叶子，更是剧毒无比。中毒之人，轻则面部潮红、紧张易怒、头疼恶心；重则产生幻觉、瞳孔放大、心跳减慢、昏迷乃至死亡。

说到君影草，就连我也只是在涧里的书中看过。偶有一次，七公提及过君影草，但他也说，这世间的君影草早已绝迹了。

师姐找这早已灭绝于天地间的毒草要做什么？莫不是……

我揉了揉鼻子，小心翼翼地试探道："师姐，你找君影草莫不是要制……"

"是，我找君影草，就是要制冥蛊。"师姐非常坦然。

虽然心中已经猜到了七八分，但听师姐亲口说出，我还是有些震惊。

凤尾听到师姐的话，一时间也惊讶得张大了嘴巴。

符桃微微垂眸，随即抬眼看了我一眼，我便立即心领神会地开口："所谓冥蛊，乃是蛊中奇蛊，有医死人肉白骨的神奇功效。它的制法本并不难，但所需药材及蛊虫十分复杂罕见，特别是这其中所需的君影草，更是世上罕有，几乎无人见过。所以这么多年来，虽有制蛊之法，但却无人制成。"

符桃操着手，站在我的身后，一边听着一边淡淡地点头。

"正是如此，如今我万物皆备，只差君影草这一味药草。前些时日，我多方打听，最终在一位归隐多年的老者口中得知，在堰城内的无极荒原之中，还留存有君影草。我知晓，无极荒原之中必是凶险丛生，本不愿累及他人，只是……只是眼下时日无多，我自知能力有限，所以才恳请你们出手相助，但是……如果实在为难也不必强求。"说着，木枝师姐又朝着我们鞠了一躬。

见状，我连忙扶起了木枝师姐："师姐这是说的什么话！我们自小一起在百花涧长大，师姐有事，我自然是义不容辞。"

凤尾也连连点头："是啊是啊！师姐你有事，我们自然是要帮忙的。只不过，你口中的无极荒原是个什么地方？"

我也从未听过无极荒原这个地方，不知怎的下意识间却望向了符桃，总觉得他一定知晓。

符桃见我抬眼看他，扬唇一笑："无极荒原，是传说中位于南蛮与大业交界处的秘境。传说无极荒原乃虎狼之地，险恶异常，但无极荒原内究竟如何，世上并无几人真正知晓。只因无极荒原外，有当年大业与南蛮开战时南蛮人所设的坚固结界，更为棘手的是，我们可能连进都进不去。"

"这么说来，倒也不是个多么危险之处，既然几乎没人进去过，那里面也不一定如同传说般险恶。只不过，结界这档子事比较麻烦罢了。我们先去看上一看，想必找出解决的办法也并不太难！"我点了点头，若有所思地说道。

"何以见得不难？"符桃直勾勾地盯着我，嘴角噙着一丝若有似无的笑意。

"不是还有你嘛！"我脱口而出，言罢才感到颇有些不好意思，低下头。

"我说过我要去吗？"符桃似笑非笑地看着我。

我讪讪地干咳了两声："你懂得那么多，别浪费呀！哈哈，你说是不是？"

符桃长眉微扬，满眼笑意地看着我，却并不说话。

"我不管，反正我是去定了！凤尾，你呢？"见他不说话，我一边自顾自地说着，一边朝凤尾扬了扬下巴。

"你果然是无知者无畏啊！"凤尾语气颇为无奈，但还是点了点头。

"阿桃！那你呢？"我清了清嗓子，颇为期待地问。

符桃沉吟了一下，点了点头，笑道："明姑娘要去，在下自然是奉陪到底。"

这答案我十分满意，心下欢喜，我兴冲冲朝师姐道："师姐，你看我们三人都愿意帮你的！"

"如此，便多谢了！"木枝师姐双手抱拳，朝我们微微一拜，眼中尽是惊喜之色。

既然已经决定要帮助木枝师姐，我们三人便未作耽搁，转向与师姐一起向堰城出发。

路上，我向七公飞鸽传书了一封书信，告知他金陵事毕，我们在归途中偶遇木枝师姐，眼下要与木枝师姐多待上几日再回涧里，叫他老人家不必担心。

当然，关于要去无极荒原这档子事是只字未提，毕竟若是七公知道了，说不定他脑子一热，就亲自跑来了。

说到七公，师姐的神色有些惭愧。毕竟，从小七公对师姐、凤尾还有我，都是格外宠爱的。

"七公……他近来，身体可好？"迟疑良久，木枝师姐犹豫着开口。

"他老人家好着呢！还和当年一样，成天逍遥自在，整日摸着胡子，一本正经地胡说八道！"我故作轻松地开了口，想宽慰师姐。

师姐听我这样一说，似乎回忆起了从前她还在涧里的时候，七公摸着他那白花花的胡子一脸高深莫测地说着胡话的样子，嘴角不自觉地微微上扬："那就好，那就好。"

"你就放心吧！"凤尾听到这里，也忍不住插了句话。

似乎想到了什么，凤尾踟蹰了一下开口道："对了师姐，你……此番制冥蛊，是为了谁？是当年，使你离开百花涧的那个人吗？他……出了什么事吗？"

其实我心里也很好奇，那个能让师姐涉险踏入无极荒原的人到底是谁？又是个怎么样的人？

木枝师姐目光微沉，沉吟片刻，才幽幽叹道："是他，他叫……唉，不提也罢。他……总之他眼下身受重伤危在旦夕，只怕已时日无多。我离开之时，封住了他周身穴道，使他陷入沉睡，但这只怕也支撑不了多久。"

见木枝师姐面有难色，好似也不愿多说的样子，我与凤尾都识趣地没有再问下去。

过了雁归山，离堰城就不远了。

　　雁归山后便到了河西的地界，河西的风土人情与中原不甚相同，抬眼望去，是满眼的草地与荒漠，气候也比中原干燥不少。传说雁子飞到雁归山便再不往前，而是折归中原，所以，这雁归山也便成了河西与中原的分界线。

　　第二日一大早，我们便到达了堰城。

　　不同于金陵的雍容华贵声色犬马，也不同于云山的灵动隽永，这堰城，俨然带着一丝军事重镇的庄严肃穆。

　　青石垒砌的城墙厚重斑驳，好似在诉说着这座城的沧桑。也不知在这斑驳的城墙之下又有多少人，为了守住这大业的边境，埋骨黄沙不得还。

　　城楼之上，血红色的旌旗，在裹挟着黄沙的狂风中猎猎作响，显得分外扎眼。连城楼上的风铎，都不如中原的那般清脆悦耳，反倒是透着几分沉闷低郁。

　　抬眼望去，在漫天风沙里，城墙上鸦黑色的"堰城"二字显得越发让人看不真切。

　　这堰城虽是沙漠上的绿洲，却没给人一点儿轻松之意，反倒多了一丝沉重的压迫感。

　　"堰城这么大，无极荒原的入口会在何处？师姐你心中可有计较？"我看着眼前这高大的城楼，不由得生出一丝忧虑。

　　木枝师姐叹了口气道："不知，众人皆知这无极荒原在堰城，但极少有人知道它的入口到底在堰城何处。"木枝师姐右手抚上左腕上的珠串，一边摩挲着一边摇头。

"那我们如何能找到？"凤尾一边伸了伸胳膊，一边抱怨着。

"进去看看便知。"符桃不疾不徐地开了口。

也是，虽说进去了也不一定就能找到无极荒原的入口，但光站在城门口不进去，那是肯定找不到的。

我们四人便一起朝堰城的城门走去。

结果还没进城，我们就又被堵在了城门口。

第 二 十 章

世人皆说谈钱伤感情，
现在看来，谈情还伤钱呢！

这回和在广陵之时不大相同，钟离瑾尚未成亲，也没有夫人和小妾为了一把麻将而把城门给堵上。不过现如今，我们一行人被堵在这里，和钟离瑾也脱不了干系。

堰城虽是军事重镇，但眼下并非大业与南蛮交战时期，在和平时代里，不知这钟离瑾是不是吃坏了东西，脑子一热一拍大腿，就要求他手下的兵士们对进出城的人，一律严加盘查。

而堰城又是大业与南蛮的通商必经之路，素日里就多有两国的商人往来，本来来往的人就多，凑巧今日又是天顺节，出门的人就更多了，还要一一盘查。这不，就给堵上了。

我望了望前方，如同长龙一般长的队伍，默默叹了口气，心下感慨道，这世人果真都是爱凑热闹，平日不爱出门，越是人多反而越是要出门，委实是和自己过不去。

记得每年花朝之时，云山周围的居民也总爱成群结队到云山上去赏花，虽然花朝这日的花还是那朵花，和素日没有一丁点儿区别。

有一年花朝，我和凤尾好不容易偷偷溜出百花涧，兴致勃勃跑到了云山半山腰上的桃花林，准备好好看看花朝这天的花到底和素日有什么差别。

结果差别还真是挺大，因为根本看不见花！满眼都是黑压压的人头！这也就罢了，我和凤尾只不过是在人群中走了一遭，再回首，身上财物尽失！

我想这节庆之时，原来能看见最美风景之人，竟是那些个小偷了！

胡思乱想了半天，这才好不容易轮到我们进城。

那满脸胡楂的守门大汉先上下打量了我们一番，才用他那喑哑的声音问道："几位看着不是本地人，也不像是来做生意的，来堰城做什么？"声调略高，神色严肃。

"这位大哥，我们是来云游的。"我连忙笑着打马虎眼。

"云游？呵，稀奇，还没听说有人来边陲之地云游！你当我好糊弄啊！"那人冷笑一声。

我又欲开口，凤尾却抢先一步，他甩了甩袍袖，一脸谄媚道：

"这位大哥好生威武！一看就是个雄壮的壮士！我平生最佩服的就是勇武之人！一看到您，我对您的仰慕之情就好比那盐施湖的湖水深又深，就好比那……"他一边吐沫横飞说着，还一边又向那壮汉靠近了几步。

"停停停！你别过来，我不吃这套！从实说来，你们几人到底来堰城做什么？如有隐瞒，论通敌罪，就地问斩！"壮汉听了凤尾的话，态度更加不友善了。

这位大哥还真是不好糊弄！都说世人皆爱赞美之词，这句话我是颇为赞同的，就比如七公他老人家，你只要夸他的胡子使他从头到脚都透出一股谪仙般的气质，那他准能高兴得找不着北。可眼下凤尾的夸赞之词，一点儿作用也没有。

我想，若不是因为凤尾那厮夸人夸得太恶心，就是因为这位壮士虽然长了一张抠脚大汉的脸，但心里实则藏了个少女，不喜人夸他勇武生猛！当然，从凤尾夸人的内容来看，我觉得，前一种情况的可能性比较大。

我还在揣摩，怎样才能使这大汉放我们进城，然而操着手站在一边的符桃却开了口："这位大人，口音不似堰城人，倒像是中原地区的芜湖人。"一边说着一边抱拳，朝那人略略施礼。

这是开始谈感情了吗？我在心里默默思忖着。

"我是芜湖人又怎么了，少在这儿扯东扯西！"那大汉很是傲慢。

符桃仍是那副泰山崩于前而面不改色的表情，从袖中拿出了些碎银子放在了那人的手中，嘴角微扬开口道："既然都是中原之人，还望大人行个方便。"

那大汉掂了掂手中的碎银子，立马乐开了花，态度来了个大转弯，笑得一脸的褶子："还是这位公子识大体！嗨，早说啊！既都是中原人，有这层情分，自当是要相互照应的！"

凤尾："……"

木枝师姐："……"

我："……"

世人皆说谈钱伤感情，现在看来，谈感情还伤钱呢！

我们四人正欲进城，却只见不远处一位白衣少年朝这边走了过来。

"赵四，怎么回事？"少年年纪不大，说话的口气倒是像个大人。

那大汉一看来人，立马朝那白衣少年鞠了个躬，毕恭毕敬地回答道："回禀大人，无事。小人只是按例盘查罢了，眼下正准备放他们入城。"

那白衣少年绷着个脸，双手负在身后，一副少年老成的模样，淡淡点了点头便没再说什么。

我抬脚欲走，在心里默默感慨着：这少年看起来年纪不大，顶多也就是个十三四岁，竟然是位"大人"。

正想着，凤尾的声音忽然在身后响起："这位公子好生面熟啊！我们是否在哪里见过？"

凤尾这家伙！看着人家小公子长得俊俏，又想勾搭人了！我无奈地摇了摇头，扭身朝凤尾没好气道："我说你这人真是！你下一句是不是要说是在梦里见过啊！你……"

我眼睛一抬，发现那白衣少年看着我和凤尾的脸唰地白了。

怎的这么生气？

符桃看了看少年，微微眯了眯眼长眉舒展："这位公子，昨日可曾到过堰城附近的郊外？"

听了这话，白衣少年的小脸更白了。

我又仔细打量了一番眼前少年，虽还不似符桃这般棱角分明英气逼人，但已出落得十分俊秀了。他白皙的脸上还带着一丝婴儿肥，两道浓黑的眉毛，忽闪的长睫之下一双眼睛大得占了半张脸，瞳孔黑亮亮的，明明长着一张可爱的脸，却偏偏作出一副色厉内荏的模样。

这样看来，还真有一丝熟悉之感！

"啊！你是昨日在路边哭得伤心欲绝的那个少年！"凤尾一拍脑袋，脱口而出。

这下，那白衣少年的脸白得简直不能看了。

"休得胡言，我们裴宁裴大人，乃是武艺高强的堰城护卫统领！怎会在路边哭得伤心欲绝！嘿嘿，是吧大人？"那大汉朝凤尾叱道，转身却一边弓着腰一边朝名叫裴宁的少年笑得一脸谄媚。

这下，那白衣少年一张惨白的小脸中更是透出了几分青。

"哼！休要在这里胡言乱语，本大人岂会随意在路边哭泣！"少年扭过头强装镇定，摆出一副色厉内荏的模样，只是他耳朵上的那抹粉红出卖了他。

我又仔细看了一看，还真是那少年，但这反差委实也太大了！

一旁的木枝师姐十分疑惑，开口询问道："你们认识他？"

"哦！昨日遇见你之前，我和凤尾偶然见过这位少年，当时他正哭得……"

"闭嘴！"那位名叫裴宁的少年，咬牙切齿地扭头打断了我的话。

这小屁孩！

"宁宁啊！你这般年纪，因思念母亲而……"

"谁准你如此称呼本大人！叫我'大人'！"

一旁的壮汉强忍笑意的脸有些扭曲，而那少年一张好看的脸拧成了一个包子。

"你一个小孩子家家的，怎么一口一个'本大人'？再说了，大人说话小孩子怎么能随便打断，这样多没礼貌！我刚刚还没说完呢，你这般年纪，因思念母亲而痛哭流涕又不丢……"

"人"字还没说完，我就被恼羞成怒扑过来的裴宁一把捂住了嘴，一路拉扯到城门边的拐角处。

这小破孩，力气倒是不小！

眼看符桃面色微沉十分不悦正欲上前，我连忙用眼神制止了他，跟个孩子计较什么！

　　裴宁一手捂着我的嘴一边小声在我耳边道："本大人看你也没比我大几岁，还好意思以大人自居？我告诉你，昨日之事，你若胆敢再多说一个字，本大人饶不了你！"

　　他装模作样清咳了两声后，手一松放开了我，一边理了理自己的衣袖一边拿出了一方帕子，嫌弃地瞥了我一眼，将捂过我嘴的手在帕子上擦了擦，抬眼看了看四周，若无其事无比高傲转身就走了。

　　这孩子，真是不可爱！

　　好在裴宁并没有假公济私地打击报复我们不让我们进城，直到酉时，我们一行人终于进了城。

　　好容易进了堰城，这堰城却没我想象中的荒凉，城外虽是接天的黄沙，但城内却另有一番景象。

　　城内有一条蜿蜒的小河流过，虽不及秦淮河那般水流广阔，但这涓涓细流也别有一番滋味。城内的花草也繁华异常，有很多南蛮的商品，都是我从没见过的。

　　我和凤尾一整晚都兴致勃勃，连心里有事的木枝师姐比起平时来神色都稍霁几分，只有符桃的面色一直不太好，整个晚上都寒着个脸，比平时还要冷淡。我几番兴致高昂地同他讲话，他都只是随口答应了几声，让我好生无趣。

　　木枝师姐始终还是心里有事，没过多久便说自己想先回客栈，我看符桃也没什么再逛下去的兴致，许是这些时日赶路太过辛苦，便打发他也回去。

　　符桃看了看我，皱着眉头，眼中好似有着若有似无的落寞。他微不可闻地叹了口气，倒是没有说什么，只是叫我自己小心。

第 二 十 一 章

你！你敢！
快把你那脏手从本大人身上拿开！！

我和凤尾在路旁的戏台边上看戏。

我看得起劲，边跳边使劲抻着脖子看，一边挥手大声叫好。这般捧场，引得围观的众人纷纷侧目，以为我是这戏班子请来的托。我只得悻悻地收敛了几分，尴尬地揉了揉鼻子，转向本站在一旁的凤尾。

"咦！人呢？"只见刚刚还在身旁的凤尾竟已不知去向。

难道又是迷路了？说来这堰城又不是金陵，布局十分规整，就是最普通的井字形道路，怎么绕也能绕回来啊！

我心里暗自腹诽，反正这里的路并不难找，他应该自己能找回来吧！可是他不是别人，他可是凤尾啊！连出云山买个菜都能走丢的人！罢了，我还是去找他吧。

我恋恋不舍地又朝那戏台子上望了一眼，拼命从人群中挤了出来。

左看右看也没在附近看见凤尾的身影，万般无奈，我只得漫无目地地一路走一路寻找凤尾那抹花色的身影。

夜色渐深，我走着走着竟走到了城门附近。晚间时分城门附近人流较少，一眼望过去并没看见着花衣的男子，但却看见了那名名叫裴宁的少年。

裴宁盯着不远处的小贩看了半天，最终也没有上前，反倒是扭过身与守城的兵士说了几句什么，便径直上了城楼。

我站在城楼之下，远远望向城楼之上只露出半个脑袋的裴宁，他的背影在皎皎月色里显得异常孤寂。

我在心底叹了口气，朝城楼走去。

"给。"我伸手将一串糖葫芦递到了裴宁的眼前。

"怎……怎么是你！"没料到我会出现在此，裴宁的脸上满是惊诧。

可只是一瞬，他就很快恢复了白日里那一脸严肃的表情："你怎么上来的？谁准你上来的？"

我拿着糖葫芦的手还悬在空中，他却丝毫没有伸手接过的意思。我一把将糖葫芦硬塞到他的手中，笑嘻嘻地答道："我和他们说我认识你，他们就放我上来了啊！"

"你！你给本大人这种小孩子吃的东西做什么！那群该死的东西，什么阿猫阿狗也敢往城楼上放！"裴宁说着将那糖葫芦塞还到我的手中，怒气冲冲地转身欲走，像是要去找那些个放我上来的兵士算账。

这小屁孩，脾气还真差！我一边死死地拉住他的袍袖，一边悠悠地笑着开口："嘿！你若要走，我便把你昨日在路边哭得稀里哗啦的事传遍整个堰城！"

"你！你敢！快把你那脏手从本大人身上拿开！"裴宁怒不可遏。

"小屁孩！你看我敢不敢，我就不放手，你打我啊！"我一边笑，一边无所畏惧地朝他扬了扬下巴。

"你……本大人从不打女人！"他被气得不轻，朝我扬起手来，最终还是愤愤甩袖作罢。

我看他一个孩子，着实被我气得不轻，心里有些过意不去。

敛了敛笑容，我微微叹了口气正色道："我方才在远处，远远地就见你盯着卖糖葫芦的小贩看了许久。我想了想你就算是护卫统领，也只不过是个十三四岁的孩子，想吃糖葫芦很正常。这里没别人的，你吃吧，我不告诉别人。"说着，我将糖葫芦又塞回了他的手中。

没料到我的态度变得这么快，裴宁一时愣住，拿着糖葫芦的手僵了僵，一双漂亮的大眼睛里有说不出的情绪。

"多管闲事！本大人才不想要这种小孩子吃的东西！"裴宁

面色微红，扭过了脸。

"真的？那还给我好了！"我作势欲夺回他手中的糖葫芦，他却下意识地护住，往后退了一步。

"呵！还说不想吃。"我轻笑了一声。

他有些懊恼地皱了皱眉头，干咳了两声红了脸。

这孩子还真是容易脸红！我看着这样的他，反倒是觉得他有些可爱，也很亲切。

我朝着城楼边上走了几步，仰头望着这黛色的夜空。不同于中原，这里的夜空格外广阔。放眼望去，千里之外没有一丝灯火，反倒显得夜空里的星星更加闪耀。漫天的繁星在我头顶上闪烁着，便忽然想起了百花涧里的夜空，也是如此这般美丽醉人。

"'生之来不能怯，其去不能止'这句话听着真是悲凉啊，可你别说这话还是蛮有道理的。"顿了顿，我又接着说道，"我从小便是个孤儿，不过很幸运打小便被七公捡回涧里，那里的每个人都对我很好。所以纵然不能完全理解你的痛苦，但试想有一天大家都不在了，我肯定不能如你这般坚强，估计早就哭得死去活来活不下去了。可你看你作为堰城护卫统领，依然把这城护得这么好。"想起那日裴宁在路边哭得那般伤心，我不禁想要出言安慰安慰他。

荒漠之上，夜风呼啸而过，吹起了我的衣袍。

"我母亲在世之时，常常买糖葫芦给我。"裴宁的声音在我身后响起，有着说不出的落寞。

我扭过身来，他眼中隐有细碎水光。我抬手拍了拍他的肩膀，想这时应该让他一个人待会儿。

我转身欲走，却忽然被他开口叫住："你……叫什么名字？"

我扭头，朝他粲然一笑："没药，明没药。"

他愣了一下，随即微微点了点头。

想了想，我又回头笑道："以后你若心里不舒服，就来找我哭，我保密！"

一说到哭，他便干咳了两声，别过了一张通红的脸。

眼见天色已晚，我便直接回了客栈。结果一回客栈却发现符桃、木枝师姐还有凤尾正一起端坐在茶桌前等我。

"这么晚，到哪儿去了？"符桃声音微沉，面色不悦。

"就是，就是。"凤尾在一旁附和着。

"还不是为了找你！我一转眼你跑哪儿去了？我可是找了你半天！"我瞪了凤尾一眼，没好气道。

符桃神色略松，抬手饮了一口茶。

凤尾不满地看了我一眼："我又不傻！这里的街道都是井字形的，怎么会找不回来？"

我："……"

师姐似乎有些心急，我还没说什么她便急忙开了口："先不说这个了，符桃方才好像找到了无极荒原的入口。"

我有些意外，竟然这么快就找到了？随即惊讶地扭向符桃：

"当真？在哪里？"

符桃饮了一口茶，看着我面无表情地开口："方才回来之时，顺便观察了一下堰城的布局。正如你们刚刚所说的，这整座城的街道都是井字形的，但是这整座城其实却是环状。流经这里的河流，更是把这城分为了两部分，使整座城呈现出阴阳八卦的形状，我猜测这无极荒原的入口就在这八卦的中心。"

"你效率也太高了吧！果真是厉害！"我十分惊喜，连连夸他。

他看着我，面色微微缓和，露出了今晚第一个笑容。

为免夜长梦多，我们决定马上出发，到堰城的中心之处查看。

根据符桃的猜测，我们很快便在堰城中一面十分不起眼的泥墙后，发现了一堵闪着微弱金光的光墙。

我本欲上前查看那堵光墙，却被符桃拦下。可他拦住了我，却没拦住凤尾那家伙，凤尾那厮直直地伸手就按上了那面光墙，只见他的指尖刚碰到光墙，顿时光墙像是活过来了一般，发出阵阵光波，连带着产生了爆发的阻力。

木枝师姐和凤尾被弹出老远，符桃站在我的身前，一手将我护在身后，一手迅速抽剑挡住了眼前的强光，却也被那力道逼得生生退后了几步。

光影四溅，像利刃一般，直朝我们而来。我眼见着符桃的身上被划出了好几个血口子，心里一慌，下意识就想扯开他。

可刚一抬手，就被飞射而来的光剑划了一道血口子，我倒抽了一口气，身子一抖，又被划破了好几道口子。可是每道光剑一旦划破了我的皮肤，就会慢慢消失。

"别动！"符桃在我身前，扭身将我按在怀里护得更紧。

我这一动，累得他为了护我，身上顿时又多了好几道口子。

"你别管我了！"我知道，若不是护着我，以符桃的功力从这阵法里跳开并不是难事。

"别吵。"符桃将我笼得更紧。

不远处，守城的将士似乎也听到了这里的动静，大队的人马正朝这里赶来。符桃护着我，动弹不得，以身体替我挡着持续不断飞驰而来的光剑。

心里担心着符桃，我脑中一片混乱，却忽然想到了什么，我使劲挣脱开了符桃，朝他道："我有办法了！那光剑刚刚碰到我的血就消失了！"

说着，我全然不顾符桃的阻拦，也不知道哪里来的力气挣开了他，闭着眼睛，整个人朝那面光墙扑去，顿时浑身一阵刺痛……

当我用尽全力，浑身是血地扑到那面光墙之上时，那光墙顿时失了颜色，整面墙在瞬间暗了下去。

我浑身一软，正欲松一口气，却忽然感到一股强大吸力，将我整个人往那光墙之中拖去。

身后，是凤尾和木枝师姐的呼喊声。我一扭头，却看见符桃正急急向我奔来。仿佛时间都慢了下来，我看见鲜红的血顺着他清俊的脸庞汩汩而下，可他却全然不顾，满面焦虑神色紧张，这是我从来没有见过的符桃。

下一秒，我身上一阵剧痛，失去了意识……

第 二 十 二 章

天啊！！！我这是看见了什么！！！
活的春宫图吗！！！

我浑身无比沉重，仿佛陷入了一个梦，一个很深很深的梦，可这梦里的场景我却没有一丝熟悉之感……

我看着周围的场景，整个人晕沉沉的，这是哪里？好像是什么人的房间，十分华丽的屋子，屋内的云桌上还摆了一桌子的菜，倒像是个姑娘的闺房……

"这是哪里？我怎么会在这里？我……"我头痛欲裂，伸手就欲捂住自己的额头。可我却惊讶地发现，自己根本无法触碰自己。我低头一看，竟发现自己整个人都好似一缕缥缈的烟，浮在空中。

我吓了一跳，顿时清醒不少，伸手去碰房间里的其他物件，却发现自己的手直直地从那些个物件上穿了过去！这是怎么回事？难道……难道我这是死了吗？我记得刚刚……刚刚我在干什么来着？我正和符桃还有……

还未待我想清楚，只听"吱呀"一声，房门被打开了。听墙脚多年的习惯，我下意识地就躲进了一扇屏风后……

进来的是位姑娘，这姑娘穿着一身红色锦制罗裙，显得她露出的细长脖颈更加雪白，一头乌黑及膝长发随意披散着。虽看不清脸，却隐约觉得她应当是个美人。

她连头都未曾抬起，"砰"的一声关上了房门，吓了我一跳。

她扭身坐在了桌前，拿起桌上的酒杯，自己给自己斟了一杯，仰头间一饮而尽。

动作甚是洒脱，只是在她仰头的那一瞬间，我分明看见她眼角有晶莹的泪水滑过，只一瞬间，便没入了她的鬓角。

虽然只是个侧脸，却不难看出，这女子生得极美。

凝脂一般无瑕的脸上，长眉连娟，浓黑的睫毛在眼窝下投下了淡淡的阴影，一张樱桃小嘴染了色一般，红得像是要滴血。连我一个女孩子都不由得看呆了。

门外，忽然传来恭敬的人声："小姐，公子来了。"

那女子像是愣住了一般，倒酒的手一颤，洒了一身。然而让我没想到的是，下一秒，那女子忽然笑了，一边喝着酒，一边悠然自得地伸了伸手——只听"哐当"几声脆响，那一桌的山珍海味落了一地。

我正疑惑万分，门外的人竟直接推门而入。

芙蓉面，桃花眼。

如果说符桃的好看是如同山涧里的清风，凛冽舒服；那这男子的好看，就有些像那幽深山谷里的罂粟花，美艳妖娆却让人感觉害怕。

那男子着一身紫衣，衣上有金线绣着的大朵芙蓉，十分引人注目。这人生得很是好看，不，准确地说是美，比女子还要妖娆，美得有些不真实。

他一双桃花眼又细又长，看着极美，却不知为何总叫人觉得有些阴毒。

见这一地的狼藉，那男子不怒反笑。他笑得温柔，嘴角竟扯出了无限风情，直如死人堆里生出的妖艳花朵，摄人魂魄。

"来人啊，这些菜都不合镜儿的胃口，通通撤走吧。"那男子的声音懒懒的，说不出的雍容，却让人不寒而栗。

那些个丫鬟下人一哆嗦，瞬间跪了一地，一动不敢动。

他眉峰一敛，语若寒冰："还不收走？将本侯的话当作耳旁风？"

下人们立即战战兢兢地一拥而上，不一会儿一地的残羹碎片都消失不见了。

他一双眼微微眯起，声音如铃："府上的厨子该换了！让镜儿不高兴的人，本侯看着不喜欢，不要再让本侯看见他。"话锋忽转，带着浓浓的煞气。

　　一旁的下人，吓得浑身直抖，弯着腰连声应着"是"，连头都不敢抬。

　　就连一旁的我，也吓得出了一层薄汗。这人真是个妖孽！

　　"都出去吧。"那男子懒懒地开了口。

　　一地的下人如蒙大赦，一晃眼都退了出去。

　　屋中只余下这二人。女子依旧端坐在那里，抿着杯中的陈酿，丝毫不为刚刚发生的一切所动。

　　我心里狠狠为这女子捏了一把汗。

　　"女孩子不要喝酒。"男子站在女子的身后，敛了笑容，语气森冷。

　　"闻名天下的堰城城主，皇上亲赐的一等侯，怎的也这般小气！"那女子一手撑着下巴，笑得极是开心。

　　堰城城主！难道他就是钟离瑾？那这女子又是谁？

　　那女子笑眯眯地盯着他，盯着盯着，竟笑得越发开心了："这酒甜甜的真好喝。"她声音软软糯糯，引人遐想。

　　说着，她又自顾自地倒了一杯，笑盈盈地对男子道："哥哥，也来陪我喝几杯？"眼里尽是媚意。

　　哥哥？难道这女子是钟离镜？可这二人的关系，怎么看起来这么的……古怪？我满腹疑惑。

　　钟离瑾面无表情地坐了下来，长臂架在桌上，伸手握起那盏几尽透明的白釉瓷杯，骨节分明，半晌却没有动。

　　见钟离瑾半天不答话，钟离镜似是觉得无趣，又自顾自地喝了一杯，转眼更是直接伸手，拿起了酒壶，就往嘴里灌……

钟离瑾伸手夺过酒壶，阴柔一笑，魅意顿生。

他抬手，理了理钟离镜额角的碎发，静静地凝视了眼前的女子良久，倏忽嘴角毫无征兆地一弯："真是个傻孩子。"

钟离镜低着头，沉默着不说话，而我却见她眼里隐约有泪，她定定地看着刚刚洒出的酒水在她红色罗裙上留下的污渍，一动不动。

钟离瑾看了看她，伸手拿出帕子替她擦拭裙子，动作极尽温柔，简直和刚刚那个阴狠毒辣之人判若两人。

就在这时，钟离镜却一把抓住了他的手。她抬眼看着他，眼里亮晶晶的，像是漫天繁星都坠落在了她的瞳孔里。她看着他，那么认真仔细，仿佛能在他眼里看见自己的影子。

看着看着她却忽然笑了，笑嘻嘻地与他对视，像个孩子。她看见他平静的双眸之下深藏的悲凉，笑得越发天真烂漫。倏地，她倾身向前，印上了他的唇。

我看见钟离瑾蓦地睁大了双眼，眼中仿佛有什么正在一片一片崩塌碎裂。他伸手推她，她却紧紧钩住了他的脖子，将他抱得更紧。

我站在一旁，眼睁睁地看着钟离镜眸中渐渐失了温度，一寸一寸暗淡下来。她缓缓松了手，扭过头就欲起身。

可钟离瑾却在此时一把搂住了她的腰肢，加深了这个吻，似是掠夺，他那么用力，她几乎不能呼吸。

　　他一把抱起她朝床榻走去，一边吻着一边伸手扯开了她衣前的飘带。

　　我眼看钟离镜已经被他吻得七荤八素，周身也已近乎全裸。钟离瑾双手附在她的胸前，额前全是细密的汗水，细密的汗珠顺着他的鼻尖一滴一滴地滑落，额角的碎发早已被浸湿。

　　天啊！我这是看见了什么！活的春宫图吗！还是乱伦啊乱伦！我心下羞愧难当，伸手捂眼，却发现这一缕薄烟般的手根本什么都挡不住！我这是作的什么孽哟！

　　我一边搓着手，一边慌慌张张地闭着眼睛转过了身子。我蹲在墙角里，一边在心里默念着"罪过啊！罪过"，一边不由自主地听着身后的动静。

　　只听"哐啷"一声似有什么东西掉落，顿时周围安静得可怕。

　　我心下好奇，眯着眼睛回头微微瞥了一眼，竟是一把闪着寒光的匕首从床上掉了下来！什么情况？

　　目光向上，只见钟离瑾一手按着钟离镜的肩膀，另一只手将她抬起的手腕捏得"咔咔"作响。他就那般冷冷地看着她，眼里没有丝毫意外之色。

　　他伸出舌头舔了舔嘴角的鲜血，仿佛噬血的鬼魅一般，笑得越发邪魅猖狂："为了你那死去的父亲和弟弟，就这么想杀我？呵呵，这次倒是学聪明了几分，还知道引诱我了。"

　　"别忘了！那也是你的父亲和弟弟！"钟离镜倏忽睁大了双眼。

钟离瑾那双美丽的桃花眼扫了她一眼，仿佛是想到了什么好笑的事情一般，轻轻一笑，在她耳边低语："你看你，脾气这么差，一天到晚就只想着要杀我，早知道这样，当初就该把你和他们一起杀了，你说是不是？可是我舍不得杀你呀，我这么喜欢你，怎么下得了手！你说是不是？"他在她耳边喃喃细语，动作亲昵，看得我又一阵脸红心跳。

这两人到底是怎么回事？喝酒喝着喝着就亲上了，亲着亲着就亲到床上去了，到此为止我还能理解，毕竟这是话本子的标准情节啊！可怎么在床上躺着躺着就打起来了？我一头雾水，完全没有搞清楚状况。

却只见钟离瑾捏着钟离镜的手忽然一松，钟离镜的手腕"砰"的一声砸在了床板之上，她疼得倒吸一口冷气。

看着她吃痛的表情，钟离瑾却笑得越发开心了。

他的眼睛像一把淬了毒的匕首，就那么直勾勾地盯着她，修长的手顺着她的胸口一路向上，在她颈间轻轻摩挲。看着她渐渐变红的脸颊，倏地狠狠地扼住了她的脖子。

"真想就这样掐死你。"他手上的动作越发用力，声音却极尽温柔，眉眼之中都蕴着笑意。

我咽了口口水，下意识就想拉开钟离瑾扼在钟离镜脖颈上的手，可一伸手却什么也抓不到……

钟离镜的呼吸越发急促，双眼紧闭几欲昏厥。

我以为钟离镜会就这样在我面前香消玉殒，可谁料钟离瑾却忽然松了手，双手捧起钟离镜的脸，额头抵着她的额头，喃喃道："我亲爱的妹妹啊！就让我们一起痛苦地活着吧！"

言罢，他蓦地松开了双手，任由钟离镜的头直直地摔在了床板之上，发出了"砰"的一声巨响。

钟离瑾却像没听见一般，施施然起身，理了理自己的衣袍，转身出了房门，再没有回头看那躺在床上了无生气的钟离镜一眼。

刚从窒息中缓过来的钟离镜愣愣看着天花板，许久，幽深的瞳孔中有着浓得化不开的哀伤。

只是这样看着她，我似乎都能感受到她的身体正慢慢变得冰冷……

不知过了多久，直到夜幕渐垂，她才伸手抽过床上的锦被将自己裹住。半晌，闷着头在被子里大哭起来。

我看她在被子里哭得那般绝望，但却无能为力。这屋子让人感觉窒息。

我走到窗前，试着伸了伸手，果然我竟整个人直接穿过了这扇窗。

外面不知何时竟下起了雪，而我却感觉不到一丝寒冷。我这到底是怎么了！难道真的出师未捷身先死了？可是这里到底是哪里？我难不成还跑到了这两人的回忆之中？我又该怎么离开这里呢？

我正一筹莫展，抬眼间，却看见清冷月色之下，满天雪花之中，有一人正一动不动地站在竹林深处。

鬼啊！我吓了一跳，再仔细一看，那人竟是钟离瑾。清冷月色之下，他站在那里，正定定地看着我，我吓得下意识往后退了一步。

不对啊！他应当看不见我才对！毕竟我眼下就跟一缕魂魄没什么区别。我扭头一看，原来他正盯着钟离镜房间的窗户出神。不知他在那里站了多久，头上、肩膀上落满了雪花。

这两人真是奇怪……我还未细想，却忽然感到一阵天旋地转，眼前的情景整个扭曲起来，仿佛形成了一个漩涡，要把我整个人吸进去一般。

我闭着眼睛努力挺着，再睁眼，却发现自己又站在了另一个庭院之中，这又是哪里？

我还在左顾右盼，就只听"啪"的一声，身后的屋内传来瓷器落地的声音。

我顺着声音走到了那间屋前，透过轩窗，我看见钟离瑾一身紫色长衣正站在那里，脚边是他打碎的茶盏，他身前齐刷刷跪了一地的人。

他身后的床上，面色苍白的钟离镜正一动不动地躺着，羸弱得仿佛一阵风就能将她吹散了。

这又是怎么回事？我好像还是在城主府上，可是时空却好像和刚刚不同。

"本侯再问你一遍，她到底怎么了？你给本侯好好答话。"他的声音清冷如银，眼中却有着黑云压城般的怒气。

"侯爷，大小姐她……她神思涣散，只怕……只怕……"跪在一旁的人战战兢兢地开了口。

钟离瑾微微眯了眯眼，嘴角牵出一丝阴冷笑意，眼中却腾起阵阵杀气。

只听"砰"的一声，那人凌空而起，钟离瑾长袖一震，眨眼间，那人便重重地撞在了屋内的朱红漆柱上，满头是血地晕了过去。

钟离瑾用手轻轻抚上溅在漆柱上的血，倏忽嘴角一弯，笑得越发温和鬼魅："这等庸医，本侯看着碍眼。"

他面起寒霜，扬了扬嘴角一字一句道："医好她，不然死。"

跪在他身前的一干人等，听了这话，无一不浑身颤抖面色煞白。

我看着满身是血晕死在漆柱边的人，一时吓得不轻，连忙闭上了眼。钟离镜怎么了？这到底是怎么回事？

我心里百转千回，再睁眼，眼前又是一片眩晕。我低着头狠狠地晃了晃脑袋，再一睁眼却发现周围的景色又如漩涡一般旋转着发生了变化。

好像是堰城的街道……这里不是无极荒原入口的那堵光墙吗！我之前就是被这光墙给吸进去的！莫不是……我倾身向前，直直朝那面墙冲去，可那墙却丝毫没有反应。

身后忽然传来人声，我扭身一看竟是钟离瑾，站在他身边的女子身着红衣，面上围着一层面纱，整个人都瘦得脱了形。只一眼，我便知道那人是钟离镜。他们身后远远地站着几个侍卫，浓雾之中这二人半晌无话。

钟离镜微微垂眸，整个人都如同一朵脱了水的干花，她略略抬脚，直直朝着这面光墙走来。

她要做什么？我满心疑惑。

她身后的钟离瑾抬了抬手，最终却又无力地放下，雾气太浓，我看不清他的表情。

钟离镜站在光墙之下良久，却没了下一个动作。半晌，钟离瑾的声音在她身后响起："进去吧，我要你活着。"平淡的声音里，没有一丝起伏。

"呵，这又是何必？"钟离镜牵了牵嘴角，抬头望了望幽深的夜空。

我顺着她的目光而去，这夜空像是墨染似的黑得看不见一丝光亮。

钟离镜缓缓伸出了手，可就在即将要触上那面光墙之时，堪堪停住。

她微不可闻地叹了口气，自嘲地笑了笑，声音有些嘶哑："你可曾后悔过？"她并未回头，却将头低得更狠，望着地面出了神。

"我本就是啃噬着至亲之人的骨血，才站在了这城主府里，你是知道的。为了城主之位，即便是尸山血海，我都会义无反顾地踏上去。"他薄唇轻启，本就是极淡的唇色，在这夜色之中更显苍白。他嘴角牵出一丝笑意，更添了几分风情，可他的声音却平淡得出奇，如同这寒夜一般，让人感到透骨的绝望。

钟离镜再未回头，抬脚便走进了那光墙之中……

顿时，周遭强光四起，我一阵眼花，毫无征兆地陷入了无边无际的黑暗。

第二十三章

如果一个人想哄另一个人开心，
是为了什么？

无边的黑暗之中，我感觉自己像是水中的一缕浮萍，被巨大的水流裹挟着四处漂游。眼前只有无尽的黑暗，我看不清前方的道路，只觉得眼皮越来越重，自己就要被这无边的黑暗吞噬殆尽……

"小药！小药！你醒醒，不要睡！"

是谁在叫我？符桃？是符桃在叫我吗？也不知他怎么样了，他好像为了护我受伤了……也不知伤得重不重？

我挣扎着睁开了双眼，眼前一片刺目的白光，我下意识立刻闭上眼。一双温暖的手抚上了我的双眼，鼻尖萦绕着淡淡白芷花香，那般熟悉让人安心。

“阿桃……是你吗？”刚一开口，我便忽然觉得全身刺痛，声音也微弱得几乎听不见。

“是我，你受伤了，不要乱动。”他抚在我双眼上的手有一丝颤抖。

“你呢？你……没事吗？”我挣扎着抬起了手，缓缓拉开他抚在我双目上的手。

眨了眨眼，我渐渐适应了眼前的光亮，这才看清了符桃的脸。他一张清俊的脸上，眉头紧锁，满是血痕，发丝微乱，眼中有慌乱之色。

“我没事，你身上哪里疼得厉害？”他面色微寒，像一潭幽深的湖水。

我心里想说，我浑身上下哪里都疼得厉害，可还是朝着他摇了摇头。我微微抬眼，看了看四周。我整个人都躺在符桃的怀里，周身是一片散发着银白色光芒的白色花海，头顶上方，黑压压的云团之中隐着一轮血红色的孤月，格外诡异。

“这里是哪里？我睡了多久？”我用沙哑的嗓音问道。

“无极荒原，差不多一天了，你已经昏睡了一天了。还好，还好你醒了。”他略略松了一口气，轻抚上我的额角，神色是说不出的疼惜。

“我好像做了一个梦，一个好长好长的梦……我以为自己就要醒不过来了，可是一片黑暗之中，我听见你叫我的名字……你好像又救了我一次。”我虚弱地朝他扯出一丝无力的笑容。

他搂着我的双手更加用力，倏地将头埋在我的颈窝里，半晌才开了口："你吓死我了。"声音竟满是惊慌。

这下，我反倒有些不知所措了。我伸手拍了拍他的肩膀，故作轻松道："嗨！我……我能有什么事啊。你看我好好的，倒是你别总护着我，伤了自己！你……"

他蓦地抬头，清澈的眸中是从未有过的幽深清亮："是我自愿的，我想护着你。"

"啊？"我一时愣在那里，不敢确定他话中之意。

顿了顿，我又试探道："你……你这是看我受伤了，要哄我开心吗？"

看着我呆呆的样子，符桃却轻轻将我扶起，双手扶着我的肩膀与我平视："我想保护你。如果你需要，我也愿意哄你开心。"他语气平稳，认真的模样和我平常所见大不相同。

微风骤起，吹起一层层银白色花浪，摇曳的花枝在红色的月光下泛着盈盈光泽，我鼻尖又嗅到淡淡的白芷花香。

"什么……什么意思……"我含糊了一声，觉得自己仿佛还置身梦境之中。

看我木讷的样子，符桃反倒笑了，他的瞳孔像大海般幽深，认认真真地开口："你看的那些个话本字里，有没有告诉你，如果一个人想哄另一个人开心，是为了什么？"

我咽了口口水，仔细想了想，慎重地回答："借了他的钱不想还？"

符桃默默收回一只手，握拳放在嘴角轻咳了一声："若是那人想一辈子哄另一个人开心，想一辈子护着那个人呢？"

又一阵微风拂过，一串串铃铛般的白色小花随风飞舞。顷刻间，掀起漫天的白色花瓣，我整个人仿佛置身银白色的天堂。

"你……你喜欢我？"我讷讷着，仿佛不是我的声音。

他伸手轻捏去我头顶上的一片花瓣，目光灼灼："是，我喜欢你，想照顾你，想一直保护你，哄你开心，可不知道你愿不愿意？"

天边的那轮红色孤月仿佛要烧起来一般，越发红艳了，整片花海都被镀上了一层淡淡的粉色。

月华之下，我看着眼前的这个人，脑中尽是他的样子，低眉浅笑的、眉头微蹙的、无奈地看着我的样子……这样淡然的一个人，这般风姿卓越的一个人，竟然喜欢着我，我心里是无限欢喜的。

"哦。"我含糊地应了声，面皮烫得厉害。

"这就是你的回答？"他嘴角噙着一丝笑意，一双眼睛看得我心里直打鼓。

我将头低得更狠，沉默不语。沉吟片刻，我才抬头看他，咬了咬唇，钝钝地点了点头，微不可闻地"嗯"了一声。

他眼中有漫天星斗闪耀，倾身下来在我额上轻轻一吻。

我仿佛看到，三月山岭之上桃花盛开的景象。他轻轻拦我入怀，我趴在他的肩头，手臂攀上他的脖子，将整个脸埋入他的颈窝，回应着他的拥抱……

心里有什么正破土而出，开出火树银花。

半晌，符桃略略松了松抱着我的双手，一手撑着我的背脊，一边伸手抚上了我的脸颊，神色专注认真。

这是要吻了？我心里慌得厉害，可是我不会接吻啊！

我心里暗自悔恨，平日里看那些个话本子的时候没有仔细揣摩、细致研究一下要怎么接吻。果然书到用时方恨少！古人诚不欺我！

他那样一个人，仿佛无所不知无所不能，如同天边高悬的一轮明月耀眼光亮；而我却这般笨拙，连接吻都不会……我心里有些气馁，却不想让他看出我的慌张。

我强装镇定地闭上了眼，身体微微前倾，想着话本子里的姑娘遇到这种情况好像都是这个样子。我双手紧紧捏着衣角，心脏在胸腔里"扑通扑通"直跳，只等着符桃倾身而来……

良久，直到我抻长的脖子都有些僵了，身前的人还没有动静。我微微睁开眼睛，却看见符桃一双手交叉叠放在胸前，一张似笑非笑的脸近在咫尺。

他薄唇轻启，眼角眉梢尽是笑意："我只是想看看你脸上的伤，但你好像在期待什么？"

他温热的气息在我耳边吞吐，有些潮湿，还带着一丝他身上独有的淡淡白芷花香，直叫人迷了魂魄。

我下意识往后一仰，差点儿摔倒。符桃眼疾手快，一把将我拉了回来。

我尴尬地轻咳了一声，一本正经地开口道："按照话本子里的情节，你说你喜欢我之后是应该要吻我的。"我试图把这番话说得义正词严，坦荡磊落。

符桃依旧操着手，一副"看你要怎么编"的表情。

顿了一下，我又补充道："而且话本子里说过，如果一个人喜欢另一个人的话，是会想要吻对方的，难道你不想吻我？"

"哦？看来你很想让我吻你？"符桃满脸笑意。

"我……我……是你刚刚说你喜欢我的！"我觉得，身为一个少女，自己刚刚委实有些太过主动，十分丢人。

"真是孩子心性。"他轻笑了一声，揉了揉我的头。

我心里是不喜欢他将我当孩子的，我想让他把我当一个成熟的女子，一个和他对等的成年人，而不是处处需要他操心的孩子，我不想自己成为他的负担。

我心里有些不高兴，噘了噘嘴，仍不死心地朝他靠了靠，扒着他的肩膀，整个脸都朝他凑了过去。

"你刚刚是说你喜欢我吧？"

他见我突然凑了过去，一时滞了滞，脸上晕出一抹可疑的粉红，轻咳一声，别过了脸岔开话题："你刚刚昏睡之时，一直在说胡话。"

"哦，那是因为我做了个梦。你把刚刚你说你喜欢我的话再说一遍嘛！"

"什么梦？"

"说来奇怪，我梦见了两个我从未见过的人……不是！你再说一遍你喜欢我嘛！"

"梦见了谁？"

"我梦见了那堰城城主钟离瑾和……"哎？怎么又被他岔开了话题！

"小药，那不是梦，是幻觉。你中毒了。"

一整片银白色的花海中，他的声音有些缥缈。

"啊？"我一时愣在那里。

第二十四章

牵着你就是喜欢你了？
那我还牵了抱了云山脚下的小黄呢。

梦中场景的碎片忽然在我脑海里翻涌闪过，头钝钝一疼。

符桃牵过我的手，食指和大指在我劳宫穴上用力一按，顿时头痛减轻不少。

他一手轻轻揉着我的劳宫穴，另一只手指着眼前这片银白色的花海道："这些花，应当就是君影草了。你方才昏迷不醒，应是中了君影草的毒，陷入了幻觉。"

什么！我激动得一挺身站起来，我弯腰仔细观察着眼前的这株植物，色白、串状、形似铃铛……

果真是君影草！

符桃在我身后将我向后扯了扯，口气无奈："离得远些，有毒。"

有毒？我中了君影草的毒，产生了幻觉？为什么钟离瑾和钟离镜会出现在我的幻觉里？我呆站在那里有些诧异。

"为什么？为什么我会中君影草的毒？我的血……我明明从来不会中毒的，而且你也是好好的啊！"我一时间无比疑惑，头疼得厉害，不由得伸手捂住额头。

符桃微不可闻地叹了口气，伸手拉下我的双手："我猜测或许是你失血过多，抑毒的效果减弱了。至于我……这样的毒对我来说没什么作用。"

没什么作用？难道……我从前听人说起过，一些出生显赫、背景复杂之人几乎是从一出生开始，就会服食微量毒药以防毒杀，他到底是……我忽然觉得自己对符桃知之甚少，只知他来自折雪山庄，其他一概不知。

他随口"嗯"了声，见我一直没有说话，似乎看出了我心中的疑惑，沉吟片刻后说："我师父是个很厉害的人，这你知道吧。"

我木木地点了点头，想听他接下来会说些什么。

"我师父武功高强，身怀秘术，多年来一直被人觊觎。我又是师父唯一的弟子，年幼之时，曾有许多人妄图用我胁迫师父，常常在我饮食中下毒。为避免此类事情发生，我便习惯服食微量毒药罢了。"他说得清浅从容，我的心口却被微微刺痛。

我心里暗暗下定决心，朝他道："阿桃，以后我也会护着你。"声音是从未有过的坚定。

符桃看着我的样子，眼里隐有柔和笑意，淡淡点了点头："嗯。先想办法出去吧，木枝师姐还等着我们呢。"说着，他伸手摘下两株君影草，收入怀中。

居然差点儿忘了正事！想起木枝师姐心急如焚地要找君影草，而我却还在这里想着要和符桃如何如何，委实太不应该了。

我抓了抓头："嗯，既然已经找到君影草也是该出去了，师姐和凤尾一定很着急！"

"身上的伤还疼吗？"

被符桃这么一问，我才想起自己满身的血口子。

我边摇头边朝他道："不疼了，我们还是先离开这里吧。"

符桃看我的神色有一丝担忧："要是哪里疼了，记得说与我听。"

我点头应着他的话："知道了，我没事。倒是你，那么漂亮的一张小脸，可别毁容了。

符桃的脸色霎时白了白……

怕我俩满身是血的鬼样子吓到人，符桃从身上扯了几块布下来，叫我把身上的血好好擦擦。对此我不太认同，这无极荒原里除了我和他哪里还有别人？哪有擦的必要！符桃再三坚持，我还是妥协了。

整理好了身上的血污，我们才一路走出这片君影草海。

我这才看仔细了这传说中的无极荒原。

空中竟有两个月亮！

一轮干净清凉，与素日里所见到的月亮并无不同；一轮却散发着血红色的光晕，像一只布满血丝的眼球，阴森可怕。大片的云层在空中游移，使月光显得有些缥缈。

即使空中有两个月亮却也看不清脚下，只隐约觉得自己仿佛踩在沙地之上。回首处，是一片在黑暗中发出幽幽银光的君影草海；前方一片黑暗之中，那轮清亮的月亮下，有一丝隐约可见的光亮。

四周一片黑暗，无法分辨方向，周围也没发现类似出口的地方。几经思量，符桃决定带着我，到那隐约有光的地方去看看。

我被他牵着，深一脚浅一脚地踏在这沙地之上。这沙地里的沙子似乎很是细腻，稍稍多停留一会儿整个人便直往下陷。我与符桃不得不加快脚步，可这一走快，我身上的口子就扯着疼。

符桃似乎发现了我的异样，回过头来问我："伤口疼？"

"你怎么知……不疼的不疼的。"我连忙摇了摇头。

"一走一崴的，手心都沁出汗了，能不知道吗。"他无奈地叹了口气，二话没说就将我拦腰抱起，"不是告诉你疼了要说吗。"语气带着一丝不满。

他身上也有伤，却还这样抱着我，我怕扯着他的伤口不敢乱动，心里却甜丝丝的。

我双手揽着他的脖颈，轻轻靠在他的肩头。他的额间有一层细密的汗珠，脚下的沙地深浅不一，可他抱着我的双手却稳稳当当，脚下如履平地。

我目光所及之处是他的下巴，那里有着美好的曲线，这人真是怎么看都好看！

"阿桃，你果真是喜欢我的吧？你就再说一遍你喜欢我嘛！"我轻轻伸手，用袖角替他擦了擦额角的汗水。

四下无声，一片寂静，黑暗之中，只有我们二人。

符桃微不可闻地叹了一口气，淡淡地笑道："怎么脑子里还在想这个？你怎么知道我果真是喜欢你的？"

"因为……因为你刚刚牵着我啊。"黑暗之中，我轻轻歪了歪头。

"牵着你就是喜欢你？"符桃无奈地笑了。

"可是……可是你现在还抱着我啊。"

"牵着你、抱着你就是喜欢你了？那我还牵了抱了云山脚下的小黄呢。"

"小黄是谁？是不是云山下卖包子的那个黄衣姑娘？"

"别乱动！"

"到底是谁？！"

"真想知道？"

"嗯！"

"是云山下卖包子的那个黄衣姑娘……"

"你！"

"家的小黄狗。"

我："……"

你才狗！你全家都是狗！

我微微垂着眼，整个人都有些倦怠，依偎在符桃的怀抱里，鼻腔里满满的都是他身上的白芷花香，莫名安心……

意识渐渐涣散，脑中闪过钟离瑾和钟离镜的身影。我无比疑惑，为何这两个与我毫不相关的人会出现在我的幻觉里？

无极荒原里静得可怕，四周一片黑暗，甚至感觉不到时间的流逝。不知走了多久，光亮已近在眼前。

我环视着周遭的景象，地上是细软的白色沙地，细腻的沙子在月光下泛着盈盈的光泽。而这发出光亮之处，竟是一处庭院。

庭院里皆生妙处，院内竟有接天莲叶千顷，碧色的荷叶上托着朵朵娇艳的淡粉色花朵，清香袭人。这本不是该有荷花的地方，也不是该有荷花的季节。

再仔细一看，院内所有的植物都好似错乱了季节——院子一侧有一棵巨大无比的樱花树，满树娇花仿佛永远也开不败；一地落花之中有几株兰草幽幽盛开；火红的凌霄花攀着屋宇的墙壁直上天际，开得如火如荼……

我示意符桃放我下来。

他屈了屈身稳稳将我放下，我看着眼前的景象一时也没搞清状况，这一片沙海之中怎会有这样一个地方？

"这里是什么地方？怎么……看着倒像是有人住在这里？"

我疑惑地看向符桃。

符桃操着手，皱了皱眉淡淡道："进去看看。"

他将我护在身后，一路带着我踏进了这有些诡异的庭院。

屋内隐有一丝光亮，我抬眼看了看符桃，他微微冲我点了点头。

顿了顿，我朝着门内试探道："有人吗？这屋里有人吗？"

符桃伸手轻轻叩了叩门。

久久没有回应……就在我以为这屋内无人，准备和符桃一起推门而入的时候，这扇布满凌霄花的门却忽然自己打开了。

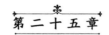

第二十五章

即使永生不再相见，
即使让她一个人活在这种地方，也要让她活着。

屋内灯光如豆，目光所及之处，是一席水晶珠帘，珠帘内还有层层纱帐，纱帐之中隐约可见一抹清瘦身影。

这无极荒原里怎么会有人？这人又是谁？

我还在暗自疑惑，思量着要怎么开口，开口又要问些什么时，层层纱帐之中却传来清冷人声："竟真是有人敲门！你们是如何进来的？"是女子的声音，似乎从未想过这里会出现其他人，那女子很是意外。

如何进来的？她这倒是问倒我了，我自己都不知道自己怎的就被吸进来的。

"我也不知怎么就……"我老老实实地开了口，可话还没说完就被符桃打断。

"那姑娘又是如何进来的?"符桃长身玉立,站得笔直,面上的神情高深莫测。

那姑娘像是听到了什么好笑的事情似的,忽然笑了一声,随即道:"我?我自己走进来的。"沉吟片刻,又自言自语,"呵,有人宁愿让我困在这里一辈子,也不肯让我死呢。"她的声音有些低沉,在这庭院内竟显得有些虚无缥缈。

这姑娘身上肯定发生了什么不一般的事。也是!能在这无极荒原里长住,肯定不是一般人啊!

"姑娘可知道要如何离开这里?"符桃貌似对这姑娘的事情一点儿都不感兴趣,单刀直入地问道。

"离开?进来了就出不去了。"那姑娘的声音清清冷冷的,没有一丝起伏。

不是吧!我一下子就慌了神,扯着符桃的衣袖,满脸绝望地看着他。

符桃倒是没有什么大的反应,轻轻握了握我的手,示意我不要慌。他微微眯了眯眼,长眉飞扬:"既然能进来,必定就能出去。姑娘难道愿意一直待这里?"

"你们难道没有发现,在这里感觉不到时光流逝吗?"那女子声音没有一丝感情。

"确实。"符桃点了点头。

冷风从被打开的房门中涌了进来,水晶珠帘被风吹得"丁零"

作响。

"我出去的话，会死。"那女子的声音，在珠帘相互碰撞发出的脆响中更显清冷。

我一时愣在那里，踟蹰片刻开口："那……那要不你就不要出去，只告诉我们要如何出去就好。"

珠帘之后，层层纱帐被冷风掀起，摇曳的烛火中，我隐约看见了纱帐之中的那个人。

碧绿色的眼睛，乌黑的长发，雪白的脖颈，一身红衣……

"钟离镜！"我想起了幻境之中，她踏进无极荒原的场景，原来这幻境里的场景都是真的！只不过她的眼睛怎么是碧色的？

那女子搭在榻上的手一顿，声音之中难得的有了一丝情绪："你是谁？竟识得我？"

符桃微微蹙了蹙眉，一手握拳放在唇边，似乎在思考着什么。

"我……"我总不能说我在幻境中看见了你，我不光认识你，还看见你和那钟离瑾在床上打起来了吧……

"罢了。"钟离镜忽然站了起来，撩起了纱帐，"你们进来吧。"她薄唇轻启，吐气如兰。

我和符桃对视一眼，一起踏进了这层层纱帐之中。

这屋里除了一张软榻和一张八仙桌，再无其他。

她示意我们坐下，扭过身去给我们倒茶。

"要离开这里不难，只需一株君影草，君影草在无极荒原的那头，你们去把它取来给我。"

我完全没有在听钟离镜说了什么，她和钟离瑾的幻影一直在我脑海中闪现。让我更感不安的是，她那双散发着悠悠光芒的碧色瞳孔。我记得有一种蛊虫也是这般颜色，难道……

"如此简单？那姑娘在这里许久，为何自己不去取？"符桃淡淡地开了口，语气颇有一丝不信任。

钟离镜倒茶的手微微一顿，茶水一瞬间洒了她一身："我走不出这个院子。有人不想让我拿到君影草，在这庭院里设下了法阵。"

理了理裙子，她又开口道："抱歉我要去换身衣服。"虽是这样说着，但却丝毫没有征求我们意见的意思，转身走进了里面那间屋子。

我一看她离开了，连忙一把拉过符桃，迫不及待地在他耳边低声道："阿桃，钟离镜好像中了牵丝蛊！"

牵丝蛊算是一种高深的蛊术了，这种蛊术能将中蛊之人和某种强大结界连接在一起，成为息息相关的一个整体，一损俱损。并且这种蛊术十分强悍霸道，是以人的魂魄束缚住结界，所以这样的结界往往强大无比，几乎不能被打破。

要想打破结界只有两种办法，要不就是等中蛊之人困死在结界之中，要不就是中蛊之人自愿解蛊，但一旦解蛊，中蛊之人就会灰飞烟灭。

也就是说，凡是中了牵丝蛊之人往往只有两种下场，要不就是永远困在结界之中，要不然就是死！

我想起了幻境之中的种种，钟离镜似乎是得了什么病身体日渐虚弱，想来钟离瑾为了不让她被消耗而死，便给她下蛊并将她送进这时间流逝缓慢的无极荒原好让她活着，同时也让她永远无法离开无极荒原。

即使永生不再相见，即使让她一个人活在这种地方，也要让她活着吗？这钟离瑾真是个变态！

"将人和结界连在一起的牵丝蛊？"符桃眉头微蹙。

"你连这都知道？对！就是那个牵丝蛊！"我有些惊讶符桃竟然知道这些。

"何以见得？"符桃食指轻叩桌子，若有所思地问道。

我抬眼看了看钟离镜离开的方向，随即又压低声音道："你可还记得在金陵之时，孟小姐身中眠空蛊的时候她的眼睛里……"

"有褐色小点？"符桃接过我的话。

"你方才也见到了钟离镜，她的瞳孔是碧色的对吧？可是我在幻觉之中见到她时，她的眼睛还是黑的。"我连忙将在幻境里的所见和符桃粗粗说了一遍。

"可你看，现在她的眼睛是绿的！牵丝蛊的蛊虫就是这种颜色，而且从她眼睛颜色的多少、深浅来看……她应该中蛊很久了。"

想了想，我又补充道："对了，我方才一直不能理解为什么我进入无极荒原后，昏迷之时所产生的幻觉，会和钟离镜这个我从来没有见过的人有关。现在看来是因为，她中了牵丝蛊后整个人都和这无极荒原联系在一起了，所以我才会看见有关她的幻觉。"

符桃微微点了点头："嗯，不过听你说那幻境中的景象，她和钟离瑾……"

符桃话还没说完，我就掏出了荷包，鬼鬼祟祟地抬头看了看四周后，便低头在荷包里一通乱翻，终于找到了想找的东西。

"这是什么？你从涧里带出来的？"符桃看着我掌心这颗散发着淡淡紫色光华的珠子问道。

"溯洄蛊，走的时候，七公不是给了好多乱七八糟的蛊嘛。"我一边应着符桃的话，一边起身，在钟离镜刚刚坐过的软榻之上寻摸着。

"溯洄蛊？倒是第一次听。"

"哎，你不知道溯洄蛊很正常。这是七公才制出来用来窥视别人记忆的。"我一度颇为怀疑，七公那个老不正经的制出这样的蛊，到底有着什么样的不良目的。

"那岂不是可以随意窥视别人？"

我一边点头，手上动作不停："嗯，但是世间仅此一颗，半成品。"

"那你就这样用了？"符桃的嘴角噙着一丝笑意。

"嗯，我好奇。"

符桃："……"

"找到了！"我压低了声音，颇为得意地把手上的东西朝符桃晃了晃。

"头发?"符桃长眉微扬。

"嗯,只要一缕头发就行了………"说着,我缓缓摊开掌心,将方才在榻上找到的钟离镜的头发和溯洄蛊放在一处。

顷刻间,淡紫色的珠子凌空而起,落在了我的眉间,散发出幽幽淡紫色光芒。

我伸手牵起了身边的符桃,他却反过来回握住了我的手。

未作多想,我朝他道:"阿桃,牵着我的手,我能看见的你都能看见。"

眼前有无数光影飞闪而过,下一秒我们就站在了钟离镜的回忆里——

堰城城主府。

堰城的三月还有一丝凉意,城主府的庭院里,柳枝轻舞,大片的三色堇开得正盛,遥遥望去,仿佛置身一片白紫色的花海。

隔着花海,有清脆的童声响起:"爹爹!"

循声望去,是个三四岁的小姑娘,一身红衣,圆圆的脸,水亮亮的眸子可爱极了,是钟离镜。儿时的钟离镜气质娇憨,完全没有大小姐的颐指气使。

"镜儿!"高大男子一把抱起扑进他怀里的小人儿,满脸宠溺。

男子身后站着一大一小两个人,皆是穿着朴素,和整个庭院显得有些格格不入。

大的是个女子，穿得虽朴素，但样貌极美，一双美目顾盼生情，腰似细柳，身姿婀娜。

女子身旁站着的男孩七八岁的样子，和女子有着一张相似的脸，一双桃花眼生得十分好看，他整个人站在阴影之中，面无表情。那是年幼的钟离瑾。

"镜儿，这是云姨，以后就是你的母亲了。"高大男子开口，又指了指阴影之中的男孩，笑着朝怀里的孩子道，"他以后便叫钟离瑾了，从今日起就是你的哥哥。"

这钟离瑾竟不是老城主的亲生孩子！

怀里的红衣小人儿挣扎着从男子怀里跳了下来，她站在钟离瑾面前，抬头仰视他，一双水灵灵的大眼睛瞪得大大的，长长的睫毛像一对翅膀，忽闪忽闪的。"哥哥，你长得真漂亮！"满眼的倾慕之情简直都快要溢出来了。

名叫云姨的女子喜笑颜开，抓着钟离瑾将他往钟离镜的身前推，满脸讨好地朝钟离镜道："镜儿若喜欢，以后天天让哥哥陪你玩。"

钟离镜满心欢喜地点着头，笑容堆了满脸。

隔着老远，我看见钟离瑾不着声色地掰开了母亲的手，缓缓一拜，只说了一句："母亲安心。"嘴角却牵出一丝鄙夷的笑意。

……

眼前的景色一晃，再一睁眼，已置身城主府后院的假山边上，院内的梧桐落了一地的秋叶。

一身红衣的钟离镜正蜷曲在假山之上，满脸惊慌，像是一只受了惊吓的小鹿，黑色的瞳孔湿漉漉的。

"哥哥我不敢下去……我害怕……"声音软软糯糯，招人疼惜。

"你跳下来吧，我接着你。"假山之下，一身紫衣的钟离瑾嘴角挂着一丝笑意，眼中却隐有怨毒……

果然当钟离镜闭着眼从假山上跳下来的时候，钟离瑾那带着雍容温和笑意的脸却突然失了笑意，他一闪身，任由钟离镜直直摔在了地上……

随即，眼前的景象又是一闪——

小小的钟离镜躺在床上，额头上裹着素白的纱布，纱布下隐隐渗出殷红色的鲜血。

是那般娇嫩的孩子啊！而钟离瑾却站在角落里，冷冷地看着床上的钟离镜，看着看着蓦地笑了。

丫鬟下人围了一屋子，任凭大家如何问他，他就是不肯说话，冷眼看着屋里的众人。

钟离瑾的母亲跪在地上，穿着华丽的衣裳丝毫不见一丝旧日的穷酸相。她干号着一边求饶道歉，一边拉着钟离瑾叫他跪下，眼里却挤不出一滴眼泪。而钟离瑾站在那里，就是不肯跪下。

身后的钟离镜不知何时醒了。

"不是他，是我自己不小心。"小小的孩子慌乱虚弱地解释着。

众人纷纷松了口气，而钟离瑾的眼中却淡得看不出任何情绪。

……

我刚想转头看看符桃，眼前就一片恍惚，一段一段的记忆碎片从我眼前忽闪而过……多是钟离瑾和钟离镜相处的画面，还有钟离瑾的母亲，她好像为老城主诞下了一个粉雕玉琢的男孩。画面中的红衣女子一直笑得无忧无虑，紫衣男子一惯雍容贵气，却总带着疏离阴毒的气质……

眼前的画面倏地停住——

朦胧的晨光里，一红一紫二人站在晨曦之中，此时的钟离瑾已比钟离镜高出了一个头，模样越发好看了，芙蓉面桃花眼，摄人魂魄……

已是少女的钟离镜也出落得清丽端正。她站在荷塘边上，定定地看着晨光中残败的荷花池上，漂浮着的那具被溺死的婴孩尸体，一动不动……

我眼睁睁地看着她的目光，如同快要熄灭的烛火一般一寸一寸冷了下去……

"为什么？"她鼓起了一辈子的勇气才说出了这三个字。她看着钟离瑾的眼神那样哀伤，满是乞求，似乎想乞求他给她一个否定的答案。

"城主之位。"钟离瑾竟说得云淡风轻，好像是理所应当一般。

"他是你的弟弟，你的弟弟啊！"钟离镜双手攀上钟离瑾的肩膀，不住地摇晃，像困兽一般做着最后的挣扎。

钟离瑾却倏地笑了，薄唇微扬，牵出一丝雍容优雅的风情。

他伸出手一根一根地掰开钟离镜的手指，一字一句地道"我、父、亲、就、死、在、我、面、前。"

他轻笑了一声，似乎是想到了什么好笑的事情一般："进城主府的前一天，被我母亲亲手杀死，你父亲也是凶手，他间接杀死了他！"他一把抓住钟离镜的肩膀，将她拉得更近，一双桃花眼直勾勾盯着她，眼里满是凶煞之气。

钟离镜吓得挣扎着往后退了两步，一脸惊恐。

"哈哈哈，你看，我本就是啃噬着至亲之人的骨血才到了这里啊，当然不能叫他失望，就算身上再多一人的性命又能如何？"钟离瑾弯着腰，捂着肚子笑得越发厉害。

钟离镜的身后是一棵巨大的冷杉，她退无可退，满脸泪水，声音里尽是挣扎："你就不怕，不怕我告诉……"

"你若说得出口，只管去说。可是，我的镜儿啊！你这么喜欢我，真的可以说出口吗？"他笑得犹如鬼魅一般，就像深海里长出的黝黑水草，缠住了溺水者的脚踝，不断将人向海的深处拖去。

是了，他是知道的，她喜欢他，他一直都知道。

钟离镜倏忽睁大了双眼："你讨厌我对不对？"

钟离瑾笑得越发温柔，微微倾身将额头抵上了钟离镜的额角："不，我恨你。恨你的眼中从来没有一丝阴霾，是从未见过黑云压城的眼睛，你就只会傻笑。你看到的从来都是繁花似锦歌舞升平，却不知道在这世上，在那些个阴暗、肮脏的角落里，也会有妻子亲手杀了自己丈夫的人间惨剧！呵，一看到你这双眼睛，我就想毁了你。"

钟离镜眼中的光彩，被一点一点地吞噬殆尽，她眼神空洞，整个人都顺着身后的冷杉滑了下去……

我心头一颤，原来钟离瑾竟有这般过往。

眼前的场景瞬间消失，一晃眼，竟又到了钟离镜房前的院落之中。

天空中的雪花簌簌而下，钟离瑾一身紫衣，外着白色的狐裘披肩，站在漫天风雪之中，更显得他气质雍容绝艳无双。

而他身旁的钟离镜只着一身红色单衣，跪坐在这雪地之中，紧紧抓着他衣角的十指被冻得通红。

她苦苦地哀求着他，哭得撕心裂肺："不要……我求求你不要……我父亲年事已高，已没有多少时日可活了……城主之位早晚都是你的！还有云姨，她……她是你亲生母亲啊！不要杀他们，不要……我求求你，我求求你……"

钟离镜满脸的泪水，在这寒风之中凝成了霜，在她脸上裂开了一道血红的口子，宛如从瞳孔中流下的汩汩血泪。

"我等不及了。"钟离瑾看都没有看脚边的女子一眼，他薄唇轻启，口中吐出一团白色的雾气，声音却如同这茫茫白雪一般，是冰冷的。

钟离瑾眼中有不明的情绪一闪而过，随即却甩开了钟离镜的手："计划照常进行！把小姐带回屋，没有我的准许不准放她出来！"

　　再之后，我眼前出现的，就是那些我昏迷之时在我的幻觉中出现过的记忆碎片……

第二十六章

她说，这一世走到尽头，
竟不知是爱你还是恨你。

"久等了。"钟离镜清冷的声音在我耳边响起。

我身子一抖，手中淡紫色的珠子顷刻间化作一缕薄烟，消失在空气之中，眼前又是无极荒原里庭院里屋内的场景。

我一时僵在那里，符桃反应极快，揽过我的肩，顺势将我安坐在了八角形的墩凳之上。

我轻咳了一声，强装镇定道："没事，没事。"

钟离镜抬头看了我一眼："刚刚说到哪儿了？哦对了，你们要想出去，就去摘君影草给我。"

符桃高深莫测地看了看钟离镜，淡淡道"君影草我身上就有，只不过姑娘……"

　　我突然开口打断了符桃的话："你……可是中了牵丝蛊？"

　　钟离镜先是一愣，随即倒是坦然了，她笑了笑："我就知道，能进这无极荒原之人，定不是普通人。你果然看出来了。是，我是中了牵丝蛊。"

　　"那你要君影草是为了……"我急急开口。

　　"是，我要君影草解蛊。你既然知道牵丝蛊这种蛊，也应该知道，解这种蛊，只要一株君影草就够了，所以……"

　　符桃开口打断了她，问出了我心中所想："你可知牵丝蛊的蛊毒一解，结界虽破，但你顷刻间便会灰飞烟灭？"

　　"知道。"她说得轻松极了，仿佛说着别人的事一般。

　　"知道你还……"我看着她这副无所谓的样子，忍不住提醒她。

　　钟离镜却粲然一笑，语气里尽是洒脱："我早就不想活了！"

　　符桃："……"

　　我："……"

　　顿了顿，我还是忍不住开口："可……可你会死……"

　　她淡淡一笑，一手撑着下巴无所谓道："你都知道了吧？"

　　"什么？"我不明所以。

　　"我过去的事，和钟离瑾的事。"

　　"啊！你……"我一时有些尴尬，不知道该如何解释。

　　钟离镜看了看我，自顾自地说话："我虽不知道你是怎么知道的，但我觉得你应当是知道的。"

好通透的女子！

"既然知道，就该助我解脱。你虽是为了你自己，但也是在帮我。"她看着我，语气真诚，顿了顿又轻轻叹息，"这里太黑了，活着太痛苦了……"

她见我犹豫不决，又转身对符桃道："你劝劝她。"

符桃倒是什么也没有说，他伸手从怀中掏出了一株君影草，放在了我的手里，淡淡开口道："做你想做的就好。"

符桃的话让我心里熨帖万分，我朝他点了点头，将君影草放在了钟离镜的面前，认真地再次询问她："你可想好了？这样活着让你比死还痛苦？"

钟离镜丝毫没有犹豫，伸手拿起了她眼前的君影草，摘下几片叶子，放进了身前的茶水杯中，径直端起了茶杯……

我心里一跳，虽然早知道她的选择，却还是忍不住又开口："你要不要再想……"还有一个想字还没说出来，就只见门外整个无极荒原的四周都泛起了金色的光芒。

钟离镜见状笑了笑："呵！他来得倒快！"

我知道她口中的他，是钟离瑾。

还未待我做出反应，她却一仰头，将杯中泡了君影草的茶一饮而尽。

周围的景象开始剧烈晃动，无极荒原里的一切物体开始一一消失不见。眼前的钟离镜忽然倾身而来，在我耳边轻轻说了几句话，我还未作出回应，她就站了起来。

无极荒原的结界已破，顿时周遭狂风四起，掀起漫天的黄沙。符桃从身后抱住我，紧紧将我护在怀里。

结界外已是日出时分，透过他臂膀的缝隙，我看见晨光熹微之中，钟离镜一身白衣站在那里，美得竟不像是这尘世间的人。钟离镜的身影渐渐变得透明，忽然毫无征兆地碎裂开来，化作了漫天的星光，像是夏日晴朗的夜晚，空中所有的星星一起坠落下来……

风势减小，钟离镜的声音也随之飘散在了空中，我仿佛听见了她留下的最后一句话。

她说："好久没有见过这么美的日出了。"

我整个脑子还是木的，还在想着钟离镜刚刚服下君影草时在我耳边说的那句话，却忽然感到一袭凌厉的剑气直朝我与符桃而来。

来人手持骨剑，一袭紫衣，芙蓉面、桃花眼，正是钟离瑾。

局势一触即发，符桃手中无剑，却条件反射般运气凝神，带着我飞身后退，退出几丈远。

我这才发现无极荒原的入口处竟已被士兵团团围住，带头之人是裴宁。木枝师姐和凤尾也在其中，虽被官兵围着，但看起来并没有受伤，我心下稍稍安定。

眼见钟离瑾一个闪身，来到了我和符桃面前，他满脸煞气，一双桃花眼里满是狠厉，从牙缝中挤出两个字："找死！"

　　我的心直直跳漏了一拍，钟离瑾看着我和符桃的眼神，像是要把我和符桃生吞活剥了一般。

　　符桃没有兵器，又带着我明显处于劣势。他一手揽着我的腰，同时将周身真气都灌入到另一只手中，顿时风雷声动。他凝神用力，低喝一声，顿时地面上的沙子齐齐朝他掌心而来，在他手中化作一柄长剑。

　　他眼望四周，却忽然与人群之中的裴宁对视上了。下一秒，我只觉周身一轻，整个人被符桃抛了出去。

　　我心下大惊，却忽然感到腰间一紧，只见裴宁飞身而来，揽着我在空中转了几圈，最终稳稳落地。

　　我完全顾不上其他，刚一落地就目不转睛地盯着还在打斗中的符桃与钟离瑾。那二人都是高手，正打得难分难舍。钟离瑾显然是受了刺激，整个人发狂了一般。符桃身上有伤，我心急如焚。

　　只一转念，却只见符桃手中的沙剑与钟离瑾手中的骨剑都直指对方咽喉，二人对立而站，举剑僵持在了那里。

　　我不顾裴宁的阻拦冲了出去，一边奔向符桃一边冲钟离瑾喊道："钟离瑾！钟离镜她死前有话让我告诉你！"我拼尽全力呼喊着，都破了音。

　　果然钟离瑾持剑的手一顿，脸上是说不出的惊痛。符桃看了他一眼，首先收了势，他手中沙剑顿时如水泄平地一般四散崩落。

　　钟离瑾手持长剑，仿佛定住一般僵住不动。我将符桃向后扯了扯，使他和钟离瑾拉开了一段距离。

　　我站在那里看着钟离瑾，眼带愤怒语气却万分平静："钟离瑾，钟离镜宁死也不愿待在无极荒原之中，她说那里太黑了，她在那里太痛苦，她死前有一句话让我转达给你。"

　　钟离瑾手中的骨剑倏地落在沙地之上，没有发出一丝声音。

　　"她……说什么？"他的声音止不住地颤抖。

　　"她说，这一世走到尽头，竟不知是爱你还是恨你。"

　　"我终究是作茧自缚了吗……"钟离瑾的声音低沉得可怕。

　　狂风又起，漫天风沙之中，我隐约看见了钟离瑾眼角的泪痕……

堙城卷 · 完

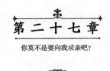

第二十七章

你莫不是要向我求亲吧?

第二日,我们一行人便离开了堰城。

木枝师姐拿到君影草后急于制蛊救人,便匆匆与我们告别,临走前还再三坚持将她戴在手上多年的红色珠串留给了我。

已是初秋的时节,太阳不似夏日那般灼人,小路上的海棠花开得正盛,在温柔和煦的日光中,好似夏日傍晚天边的落霞,艳得仿佛要烧起来一般。

我看着木枝师姐远走的背影,想着她拿到君影草时难以抑制的欣喜之色,不知为何心中却隐有一丝不安。我想这就是话本子里常常出现的,故事中常见的跌宕起伏。

然而返回百花涧的这一路走得却颇为顺利,既没有被人追杀,也没有迷失方向。经此一事，我们再不敢让凤尾驾车了。

一路向东，五天之后便来到了云隐山，离百花涧只余一天的路程。

云隐山之所以得此名，主要是因为传说中有位世外高人曾归隐于此，并给这座本来十分一般的山头起了个这么不一般的名字。而这直接导致了一干众人纷纷来此归隐，大到科举落第、被皇帝贬斥，小到无病呻吟、和老婆吵了一架，都要来此隐上一隐。便导致了云隐山从一个仙气飘飘的世外桃源，变成今日这般众人争相游览的名胜。

这般传说中的名胜古迹我自然是不肯轻易错过，拉着凤尾和符桃就下了马车。

时值初秋，云隐山上的籽银桂开得热闹。抬眼望去，漫山遍野的桂树枝头上累着白皑皑的桂花，让人迷了眼。山间清风有些微凉，夹杂着馥郁甜腻的桂香，让人如同喝了新酿的桂花酒一般有些微醺。

凤尾那厮一下马车就没了影子，一看他眼角攒桃花的样子，就知道他肯定又去招惹那些个杏红柳绿小家碧玉去了。

而符桃负手站在一棵籽银桂下，颜如舜华，遗世独立。这般如画的景致，这般如玉的人看得我心神荡漾。

我一路欢欣雀跃地跑到了他的跟前，不着声色地上前一步，将距离和他拉得近些，与他并肩站着，心底满满的欢喜之情。

符桃身量高，直高出了我半个头，我仰着头看他，满眼倾慕之色。只是这仔细一看，不知怎的，总觉得符桃的眉间似乎笼着若有似无的忧虑之色。

难道是这几日赶路太累？还是有什么心事？

"看着我做什么？"符桃看着我的样子，莞尔一笑。

"你好看啊。"我脱口而出，一脸理所应当。

符桃难得红了脸，握拳放唇边轻咳了一声："又在说胡话了。"

看他神色稍霁，我立马得寸进尺地道："阿桃，你有心事？"

符桃一如既往那副静水流深的样子，似乎是在想些什么，沉吟良久突然开口，神色认真："小药。"

"嗯？"我不明所以。

"我有些话想同你说。"他微微垂了垂眼，看不清神色。

我有些疑惑，不知为何他忽然认真了起来。难道……是像上次无极荒原里一样？

"你莫不是要向我求亲吧？"我羞答答地嗫嚅道，还一边绞着自己的手指。

符桃叹了口气，滞了滞："其实我……罢了，罢了，日后再说吧。"

"怎么？你不是要向我求亲？"我颇有些失望。

符桃扶额："不是。"

我："……"

接下来的一路我心里都愤愤的，我认认真真地反思了我与符桃的相处模式，觉得自己委实太过被动。这样不行啊！我要翻身！

要翻身啊!

于是我学着话本子里高冷女主角的样子，一路都摆着一副冰冰冷冷的表情；一路都操着手微微扬起下巴，摆出一副睥睨天下的傲娇模样。

结果符桃看着我这副样子，竟又给我买来了许多话本子。他根本不知道我为何生气!

我心里憋屈，一气之下就将那些话本子全都扔还给他。

"你留着自己看吧!"我气得不轻。

符桃看着我的样子，皱了皱眉："刚才不还好好的？这一会儿工夫你怎么了？"

"不怎么。"我冷哼一声，瞥了他一眼，觉得这么久以来自己就像一个一厢情愿的傻瓜，心里百转千回，人家根本就无所谓。

"又想吃瓜子了？"符桃微叹。

我："……"

他竟以为我不高兴用几本话本子、一袋瓜子就能哄好!

直到我们回到了百花涧，我心里仍是觉得委屈，下意识就不想和他讲话。

我本想将这种高冷再保持几天，以宣泄我内心的不满，可却忽然从凤尾那里听说符桃向掌门请辞，要回折雪山庄有事的消息。

我立马就不淡定了!一路小跑，跑到了符桃的住处。

符桃正坐在屋前的石桌上煮茶，红泥小火炉里的清茶冒着热气，发出"咕噜咕噜"的轻响，炉下的银霜炭发出幽幽红光。他拿着银质长针轻轻挑着炉里的炭火，一派闲适淡然的样子。

我一路风风火火而来，可看着眼前的景象，一时心里却没了底，愣愣地站在那里，不知是进是退。

"傻站在那里干什么？过来。"察觉到我来，符桃微微扭过头，浅笑着朝我招了招手。

我捏着衣角踟蹰着不敢上前，半晌才鼓起了勇气讷讷地开口："你……要回折雪山庄吗？"

"是。"他对答如流，言语中没有半分不适。

"还……还会回来吗？"我有些吞吐，怕他说出像话本里那种"就此别过"之类的伤人话语。

"会。"他看着我，笑得清浅从容。

我本想问他是否是为了我而回来，可却怕自讨没趣，便转了话题。

"怎么不先告诉我？"我心里止不住地委屈着。

符桃无奈地看着我，一边示意我坐下一边开口："我看你这几日心情不好，准备晚些时候再告诉你。"

我稍稍松了一口气，原来不是要丢下我，也不是故意不告诉我。我揉了揉眼睛，心情稍稍平复："门派有事？"

"嗯。"符桃含糊了一声，伸手取过小火炉上煮茶的瓷壶，抬手倒入了瓷杯之中，拿起杯身略微一晃，将第一道茶倒掉。动作行云流水，说不出的儒雅。

　　我见他并没有要告诉我他要回去做什么的意思，心里有些小失落："去多久？"

　　"两个月。"他将瓷壶下倾上提三次，倒好一杯茶放在了我的面前。

　　杯中的茶水恰是七分满。他无论做什么都是这般，恰到好处挑不出一丝毛病。我看着釉色瓷杯中的茶叶上下翻动，心里也跟着起起伏伏。

　　"什么时候走？"

　　"明日。"他倒茶的手顿了顿，看着我淡淡地开口。

　　"这么快？"我心里很是失落，却又不想在他临走前与他使性子。

　　"嗯。"他拿起身前的茶杯，细细饮了一口。

　　我心里不舒服，闷着不知道要说些什么。

　　秋日里，涧里的银杏由绿渐黄，落了一地，我看着一地的黄叶，觉得这银杏叶黄得委实有些刺眼。

　　见我半晌都没有开口，符桃似乎是察觉了我的心思，他轻轻抚了抚我的头，浅笑着朝我开口道："我会尽快回来，你在涧里要听话，不要惹麻烦。七公这几日不在涧里，不要惹掌门生气。"

　　他语气温柔，听得我有些想哭。"嗯。"我闷闷地应了声。

　　想了想，我又木木地开口："十月初七那天可以回来吗？"

　　"十月初七？是什么重要的日子？"符桃似乎有些不解。

　　"倒也不是……我明日去送你吧。"我希望自己在他面前可以更懂事些，想了想还是把想说的话咽了下去。

"好。"符桃轻轻点头，笑着应我。

当晚，我趴在床头，月光斜斜照进屋内，洒下一地细碎的光影。

虽然知道符桃两个月后便会回来，可心里还是莫名地感伤。

我喜欢的人并不同我喜欢他一样那么喜欢我，想想都悲伤。我喜欢他喜欢得那么用力，满眼都是他的影子，恨不得将自己的心都掏出来。可他却总是那副看破一切的淡然模样，不管对待什么东西都是一样的。我多希望他对我是特别的。

想到这些，我整个人都被满满的低落感给淹没，心里说不出的酸涩。

一夜辗转，难以入睡。

第二日一早，便下起了淅淅沥沥的雨，雨水顺着屋檐直泄而下，打在地上溅出一朵朵小水花。阴雨之日，山中云雾缭绕，不远处传来枫霖寺内的阵阵钟声……符桃就出现在这一片诗情画意之中，他长身玉立，撑着一把素色油纸伞，一身玄衣如墨浑身上下都是说不出的好看。

"你怎么来了？"一夜无眠，我整个脑子都还是钝钝的。

"你昨日不是说要送我？"符桃无奈地朝我道，声音是一如既往的清冷温润。

"这就要走？"我有些懊恼地抓了抓自己的头发。

"嗯。"他略略点了点头，嘴角牵出一丝笑意。

我连忙回房一通收拾，很快就拿着伞出了房门。

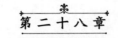

第二十八章

等我回去将那些事情处理好了，
到那时，你想听的那些话，我都说给你听。

雨势渐大，下山的路有些泥泞。我跟在他的身后，亦步亦趋，低着头始终没有说话。整个人还被昨夜里的那些个情绪弄得心乱如麻，看着符桃的背影，总觉得他离我有些遥远。

符桃走在前面，大雨之中仍是那般清浅从容的样子，不疾不徐地走着。

雨珠打在桐油伞面上发出"啪嗒啪嗒"的响声。我想我舍不得他。

身前的符桃忽然蹲了下来，声音在漫天的雨水之中温润如玉："上来。"

"啊？"我满腹心思暗藏，一时不明所以。

他微微起身，指了指前方的一片巨大水洼："我背你过去。"

我略微抬起伞沿，看见前方的一片水洼，眼睛忽然一酸，心里满满都是说不出的酸楚与甜蜜。

"愣着干什么？上来。"说着，他微微叹了一口气，折回来走到了我的身前，径自收了伞，拉过我的手搭上了他的肩，微微欠身便将我背了起来。

符桃背着我淌过前方的巨大水洼，我低着头看着他的云靴一点一点被雨水浸湿，露出深色的鞋边。

待走过那摊积水，符桃却依旧没有放我下来的意思。

我趴在他的背上，身体有些僵，将伞撑在他的头顶，心里是说不出的熨帖："我自己走吧，你一会儿还要赶路。"

听了我的话，符桃却无甚反应。沉吟片刻，他答非所问地开口："我十月初七那日会回来。"

"嗯？"我一时没有反应过来。

"你生辰那日我会回来。"他竟知道我的生辰。

脚下的青石阶有些斑驳，石阶的裂纹中长出的杂草被雨水打湿，草色渐深。符桃的声音伴着雨珠落地的声响显得有些清冷，而他身上的白芷花香却让人感到温暖。

见我半晌没有说话，他滞了滞又开口对我道："我……等我回去将那些事情处理好了。到那时，你想听的那些话，我都说给你听。"他的语气少有地有些吞吐。我趴在他的肩上，眼见着他的耳根染上了一层淡淡的粉色。

我伸手将他的脖子揽得更紧，默默地点了点头。他总是这样，随随便便一句话就让我莫名失落，随随便便一句话就又让我莫名欢心。

"要早点儿回来。"我认认真真地交代。

"好。"他脚步不停，将我整个人向上托了托。

"不要招惹漂亮姑娘。"我想了想，又嘱咐了他一句。

"好。"他的声音蕴着一丝无奈的笑意。

"也不要表现出帅气的样子，让别的姑娘来招惹你。哦，对了！你要表现得弱一些，尽量把自己搞得落魄些。"我一边摇着他的肩膀，一边补充。

"我尽量。"符桃的语气很是无奈。

我在他身后暗自点了点头，又补充了一句："遇到凤尾那样的人躲远些。"

符桃："……"

见符桃并不答话，我晃着他的脖子抱怨："你有没有在听我讲话啊？"

"嗯。"符桃拉长音。

"阿桃，我舍不得你。"

"我也是。"

山林间不知名的鸟儿嘶鸣着从林间飞过，发出悠长的鸣叫声。雨中的云山，空气里夹杂有淡淡的泥土芬芳。

趴在符桃肩上，我心里是说不出的温暖。我微微垂着眼，下巴抵着他的肩膀，鼻尖是他发丝上淡淡的皂角香气。我盼望着下山的路再长些，好让他再背着我多走一会儿。就这么想着想着，眼皮却越来越重……梦中我隐约感到有东西在唇上略微停顿了一下，柔软温热。

这一觉睡得很沉，我再睁眼时却发现自己竟躺在房中的床上，而本不应该出现在此的凤尾却坐在我屋里的桌子上，一边嗑着瓜子一边看着话本，一副悠闲自在的模样。

"阿桃呢？"我伸手操起床上的一个枕头，毫不犹豫地朝他砸去。

"嘿，我说你这人！"凤尾嗑瓜子嗑得正尽兴，来不及躲闪，枕头直直砸在了他的脸上，他手中的瓜子撒了一地。

"不就是弄掉你几粒瓜子！"我瞥了他一眼，没好气道。

"几粒瓜子自然是不算什么！可你要是刮伤了我俊俏的脸怎么办！你赔得起嘛你！"凤尾一边说一边紧张兮兮地拿手来回抚摸自己的脸。

我："……"我想这世界上总有一些人，他若开口，必然能叫你无话可说。

我轻咳了一声，又问他："符桃呢？"

"走了。我早看出你俩不对劲，我的第六感果真不错！"

难道不是只有女子才有第六感？我默默地叹了口气，心里不禁替七公感到有些焦虑，凤尾这厮龙阳之好的气质竟愈加一发不可收拾了。

见我半天不开口，凤尾又抓起了一把瓜子，边嗑边朝我说道："你还好意思问！你明明是去送人家，结果自己倒是睡着了，累得人家符桃又从山门一路给你送回来。"

"啊，不是吧！"我羞愧不已，赤着脚就跳下了床，三步并作两步跑到窗前。

而此时的窗外，已是皓月当空……

山中不知岁月，我每天掰着手指头算着日子，盼着符桃回来。

七公出涧至今未归，也不知道干什么去了。

凤尾那家伙又勾搭上了山脚下卖螺蛳粉的姑娘，这着实让我喜忧参半。我喜的是，他如此这般，七公大抵就不必再担心有一天凤尾会把自己的袖子给断了；忧的是，凤尾自从恋上那姑娘，就每天一日三餐买螺蛳粉回来给我吃，还美其名曰给我改善伙食。这一度让我对螺蛳这种生物产生了恐惧之感。

这天我坐在院子里，看着眼前这碗黑黢黢的螺蛳粉，委实是下不去口。我在心里默默祈祷，老天爷啊！你派个神仙将我带走，脱离这螺蛳粉的苦海吧！

我只是随口一说，可没成想老天爷竟然对我这般照顾，当日下午就发生了一件说大可大、说小也不算小的事。

那就是，我真的被人带走了！准确地说是被人掳走了！

话说当时，我正端着碗螺蛳粉，准备将它拿给涧里张厨子养的小狗旺财吃，结果那旺财闻了闻，竟扭头摇着尾巴就走了。

后来张厨子告诉我，凤尾这几日总是买螺蛳粉给他和旺财吃，别说是他自己了，就连旺财都快吃吐了！

我无语凝噎，凤尾那厮竟然连狗都不放过！

我本着"锄禾日当午，粒粒皆辛苦"的原则不欲浪费，可是又想到，我这人最大的原则其实就只有三个字，那就是……看心情！于是，我毅然决然地端着这碗螺蛳粉来到了百花涧门口的小溪边，准备将它倒掉。

可我刚蹲下，就感到脖子上一凉，身后传来冷酷人声："别动！"

我双眼下意识地就往自己的脖子上瞅去——月华之下，架在我脖子上的这把长剑正发出冷冷寒光。

我端着螺蛳粉的双手僵了僵，但还是决定要为自己的性命争取一下。踟蹰了一下，我开口试探道："呃……敢问壮士是要劫财还是劫色？要是劫色，我实乃是个庸脂俗粉。要是劫财，我身无长物，实在是……"

"闭嘴！"那人在我身后，左顾右盼地查看着周遭的情形。

看来这人不大好说话，我顿了顿又开口："我当真没钱，要不我把这碗螺蛳粉给你吃？"一边说着，我端着螺蛳粉的一双手还在空中微微晃了晃，想引起那人的注意。

"……"这回那人沉默着没有说话。

果然是嫌弃螺蛳粉太便宜了吗？

"要不你先放我回去吧，我要钱没钱，要色没色的。不过你可以在这里蹲点，一会儿你就能看见一个花衣男子从山下卖螺蛳粉的摊子上回来。他有钱！也有色！一定能卖出个好价钱！"我试图转嫁危机。

"闭嘴！"那人的语气生硬，将这两个字说得咬牙切齿。

"可是我……"我话还没说完，忽然感到脖颈一阵钝痛，顿时失去了意识……

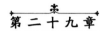

第二十九章

这位大哥！你到底抓我干什么！
你这样不卖不杀地盯着我看，我心里压力很大啊！

　　我再睁开眼睛时，发现自己双手被反绑在身后，整个人被扔在一堆稻草之中。我扭了扭还有些钝痛的脖子，打量着周遭的景象。

　　这是一间破旧的屋子，满地的枯草灰尘，房梁上挂满了蜘蛛网。透过满是蜘蛛网与灰尘的窗户，我看见天空中朗日高悬，发出耀眼的光芒。我使劲闭了闭眼，窗外树影斑驳，我这才看见了那个将我拐到此处的人。

　　那人盘腿坐在地面上，背靠着屋壁，双手交叉放在胸前，怀里揣着一把长剑。他紧闭双眼，右眼眼角下那颗朱红色的痣格外显眼，倒是个棱角分明之人。

　　我又仔细打量一遍四周，双手微微挣扎，试图将绑着我双手的绳子挣脱开来。

　　"你醒了。"谁知那人竟倏地睁开了双眼，语气好似结了冰霜的寒潭，没有一丝温度。

　　我咽了咽口水，眼见那人起身向我走来，竟一句话都说不出口。

　　可谁知那人走到我身前后竟没了下一个动作，他就那么一动不动地盯着我看，搞得我心里一阵慌乱。顿了顿，我还是鼓起勇气朝他开口道："这位大哥！你到底抓我干什么！你这样不卖不杀地盯着我看，我压力很大啊！"

　　他半蹲下来，表情高深莫测。沉吟片刻，那人长眉微扬，又将剑朝我脖子上比了比道："我来此处只为寻一个人，本不欲伤你性命，你只需告诉我那人身在何处，我便放你离开。"

　　一看有得商量，我连连点头："好好好！你早说嘛！你要找谁？"

　　"明没药。"

　　我："……"

　　这人竟然是来找我的！那我更不能和他说实话了！

　　"明没药是谁啊？我……我不认识。你找她做什么？"我一边胡口乱说，一边在心里回忆，我从前是否招惹过这样一个人。

　　"当真不认识？"那人用剑挑了挑我的下巴。

　　我立马没骨气地改了口："认……认识！可是她眼下不在涧

里，嗯！是，她不在。她出去帮人解蛊了。"

"去了哪里？"那人语气生硬。

"你要去找她？你找她到底是要做什么？"我想了半天，也没有想出眼前这个我完全不认识的人，到底是要找我做什么。

"少废话。"那人开始有些不耐烦。

"呃……南蛮！她去了南蛮。"我只想着把眼前这人打发得越远越好，恨不得说自己去了天宫。

可那人显然不信："吞吞吐吐的，当我好糊弄？"

"临潼！临潼折雪山庄。"我心里无比绝望，却突然想到了符桃，立马就改了口。

那人看了我一眼，表情莫测。我正欲再说些什么，却只见他倾身而来。还未待我做出什么反应，便用手掌朝我脖颈上一劈，我又晕了过去。

我又一次醒来的时候，窗外已是月上中天，而那人竟还在屋内！他一双凤眼正直勾勾地盯着我看，也不知到底是个什么意思！

我心底一阵无力："你怎么还不去找那明没药！"一边说着，我一边偷偷在背后努力四处摸着碎石，抓到一颗，使劲用碎石在绑住我的绳子上来回摩擦。

谁知那人竟轻笑了一声，定定地看着我，缓缓开口道："方才我到云山附近打探消息，碰巧遇上一位花衣男子。这位男子很是健谈，拉着我说了半天的话。不过说来挺有意思，他说他在找一位昨日在百花涧门前失踪的姑娘，那姑娘恰巧也叫明没药！"语气里尽是揶揄。

我："……"

凤尾这个人！真是成事不足败事有余！

"咦？难道明姑娘也失踪了？"我装作听不懂的样子。

那人面色微沉："他还说那姑娘头戴青玉海棠华胜，着浅绿罗裙。"

我看着自己身上的浅绿罗裙，想着符桃送我的那对青玉海棠华胜，顿时觉得自己被老天爷玩弄了。

那男子上下打量了我一番，却倏地笑了："我当是个什么样的女子！想不到符桃竟然喜欢你这样一个懵懂的小姑娘，他堂堂一个门……"

"我怎么了？怎么就不能喜欢我？"听出他话中之意，我立即愤愤地打断了他的话。

"呵！人不大脾气倒不小！"他轻笑一声又接着道，"我找符桃符公子有一事相求，还请姑娘同我走一趟。"说着，他拿着剑直直向我走来。

这不明摆着是要拿我当人质威胁符桃嘛！这怎么可以！

我整个人挣扎着不断往后缩，心里想着，无论如何我是万万不能被人抓去威胁符桃的！

思及至此，也不知道自己是哪里来的勇气，背在身后的双手刚从绳子里挣脱开来，我便立即从地上抓起了一把灰尘直朝那人脸上扬去，右脚朝他小腿上用力一踢。那人猝不及防地吃痛朝后退了几步。我未作多想，趁机一骨碌从地上爬起来，直朝门外冲去。

第三十章

"你的血真香。"声音像是从地狱传来一般。

这一冲出来我才发现，自己竟置身一片山林之中。夜色已深，天空中残月如钩，山林间传来猫头鹰"咕咕"的叫声，更显得诡异无比。

我害怕身后那人追上我，下意识地就往山林之中跑去。月色朦胧我看不清脚下，夜间山中雾气浓重，山路更是湿滑。

裙摆、绣鞋上尽是泥土，可我却无暇他顾。也不知就这样跑了多远，忽然脚下一空，我止不住地向前倾斜，下一秒整个人都顺着山坡滚了下去。

我下意识地用双手抱紧了自己的头，可山坡上的石子和枯枝仍将我划得生疼，意识渐渐变得模糊……

一片混沌之中，我隐约感觉有大颗大颗的水珠打在我的脸上，打得我的脸生疼。我挣扎着缓缓睁开眼睛，只见头顶之上一片阴沉的天空，雨水似无根水一般倾泻而下。

我不顾周身疼痛，挣扎着从地上爬了起来。

靠着一棵不知名的树朝四周望去，巨大雨幕之中根本无法判断自己身在何处。脚旁的野菊花被豆大的雨滴打得七零八落，狂风呼啸而过，我浑身湿透冷得直打战。

我隐约看见前方不到十米处仿佛有一个山洞。

雨势一刻未缓，仿佛无穷无尽。我不知那山洞之中有些什么，可只知道那山洞是我眼前唯一的希望。我左手按着不知何时被划破的右肩，一瘸一拐地朝那山洞走去。

待我用尽力气走到山洞口，却发现这山洞和我想象之中并不相同。这山洞如巨兽张开的血盆大口，黑暗幽深，不透一丝光亮。

我回头望了望，身后雨势凌厉，像河水决堤一般滚滚而来。我定了定神，朝山洞更深处走去……

我双手攀着洞壁，一瘸一拐地朝洞内走，可越往前越觉得这洞中幽深得可怕，洞顶上倒挂着的蝙蝠眼中发出幽幽红光，仿佛鬼魅一般。我不敢睁眼，闭着眼睛一路朝前摸索着前进，脚下不知是什么东西绊了我一下，整个人重重地摔倒在地。

我努力睁眼去看，竟是一副白森森的腐骨！我浑身颤抖，忍不住尖叫了一声。顷刻间，洞顶上悬着的蝙蝠似乎是受到什么刺激一般，呼啸着从我头顶飞过，发出尖锐的叫声。

泪水像断了线的珠子一般止不住地往下掉，我捂着嘴巴，怕再惊起蝙蝠，不敢哭出声来。

这些日子以来，我经历了许多事，被人追杀、掉入传说中的无极荒原，可却没有哪一次让我像今日这般害怕。我想，这是因为那些时候都有符桃在我身边。

我渐渐开始感到绝望，觉得自己八成可能会死在这里。我想我是不是应该像话本子里的那些人一样，在临死前留下封遗书。一来我还想表达一下对符桃的眷恋之情；二来我还想控诉一下凤尾，毕竟我眼下这般处境和他委实脱不了关系！

可转念一想，我若死在这里，只怕不过半日，尸体就会被那些个不知名的野兽瓜分殆尽，可能根本不会有人知道我死在了这里。

我定了定神，不能自暴自弃地任由自己死去，用脏兮兮的手背抹了把眼泪，咬了咬牙又站了起来，朝山洞更深处走去。

这一路走下去，越发觉得山洞阴森恐怖，抬眼可见的地方到处是白色人骨，还有一些甚至是刚刚才开始腐烂的尸体，无数条乳白色的蛆虫在那些个尸体之上蠕动着，看得我一阵恶心。

我捂着胸口，强忍着恶心，攀着石壁准备往回走。可这山洞的结构很是奇怪，七转八转，我已不知道自己走到了哪里，等停下来时却发现眼前是洞中的一片开阔空地。

空地之上隐有一丝光亮，我躲在一堵巨大岩石之后，倾身朝那空地看去……

　　幽幽火光之中，空地之上竟有两个人！其中一名是位女子，她穿着一身只有在成亲之时才会穿的大红嫁衣，头戴五彩珠冠，坐在一方石台之上。她整个人都隐没在烛火照不到的阴影之中，看不清脸，她坐在那里一动不动简直像个死人一般。

　　紧挨着她坐着的男子身上也穿着一身红色的喜服，头戴白玉冠，他正端坐在那女子的身边。男子一张脸带着病态的苍白，一双眼睛毫无神采，瞳孔黑得不像常人，竟像是拿墨染了一般。

　　他伸手轻轻抚摸着女子的脸，烛光之中，隐约可见那男子眼中是说不出的爱怜。

　　可在我眼中，眼前的这幅画面却是说不出的诡异。

　　"枝儿，我今日就要娶你了，你开不开心？"那男子的声音嘶哑得不像人声。

　　他嘶哑的声音回荡在幽深的山洞之中，听起来分外恐怖。他一边说着一边将身旁的女子揽进自己怀中，动作极尽温柔。可那女子自始至终就如同一个活死人一般，没有任何反应。

　　看着眼前的景象，我心里是无边无际的恐惧，抱着双臂将头低得更厉害，却只见手上戴着的那串木枝师姐前些时日送我的水红色珠串，正发出幽幽红光。

　　我看着手串，脑子顿时如遭重击一般疼得厉害，脑海中似有无数场景如同走马灯一般一一闪过。

　　身后忽然传来响动，我忍着头痛回身去看，却只见那男子一手提着一盏灯笼，一手牵着那红衣女子朝洞中的一方深潭走去。那女子就如同一个提线木偶一般，机械地跟着男子走着。

不知是从哪里来的一阵风，吹得那男子手中的灯笼摇摇欲坠。

这是要做什么？我心里十分疑惑。头疼得更厉害了，我狠狠闭了闭眼，再睁眼时竟发现那女子正旁若无人一般机械地脱着自己的衣服。

血红色的嫁衣从女子肩头滑落，一袭长发如墨色瀑布一般直垂到脚踝，越发显得她肤如凝脂。女子没有丝毫犹豫地踏进了身前的潭水。

借着灯笼的微光，我这才看清那竟是一潭血水！

我倒吸一口凉气，连呼吸都有些困难。

我想起了一路走来洞中的那些枯骨，浑身忍不住颤抖起来。我狠狠摇了摇头，想要站起来，却发现自己腿软得根本站不起来。

洞内潮气大，有水珠滴落下来打在我的头顶。我深深吸了一口气，却发觉胸腔内满是腥臭的血腥之气，立即止不住地干呕起来。

"谁？"那男子听到响动转过身来，抬高灯笼朝这边照了过来。

我连忙用双手捂住嘴巴，不敢发出一点声音，鼓起勇气微微倾身朝那个人望去。借着灯笼的一点暗淡光线，我看见本背对着我的女子，随着男子的动作也机械地扭过身来，我这才看清了那女子的一张脸。顿时，我整个人如遭雷劈，动弹不得。

木枝师姐？怎……怎么会！一个月前我才见过她！目光向下，她胸前竟有一个巨大的血窟窿，皮肉皆翻了出来，是剑伤，却没有流血。

我拼命地摇了摇头，觉得自己一定是疯了！未作多想，我立即转过头去想再确认那女子一眼。

可一扭头，竟发现那红衣男子一张狰狞的脸已近在咫尺，吓得我尖叫一声，跌坐在地上。只一瞬间，我便看清了男子的一双眼睛，他那双眼里竟然没有眼白！

我眼见着他看着我的眼神，就像是野兽发现了猎物一般，闪出一丝兴奋。

男子用他那双没有眼白的眼睛定定地盯着我，忽然发出"咯咯"的笑声。

"你的血真香。"声音像是从地狱传来一般。

我浑身颤抖地向后缩，却连站都站不起来。

男子"咯咯"的笑声在整个洞中回荡，犹如索命音符。下一秒，他一双犹如枯槁似的手狠狠抓住了我的肩膀，奇长的指甲捏得我肩膀生疼。

他没有眼白的瞳孔离我越来越近，我惊叫一声失去了意识……

第 三 十 一 章

不要怕，我陪着你，
你到哪里我都会陪着你。

再次醒来的时候，我发现自己被绑在一个木桩之上。四周一片漆黑，只有墙壁上一小簇火苗在黑暗中轻晃。

我用力挣扎，却发现自己根本无法挣脱，鼻腔里满满都是黏腻浓稠的血腥气，比刚刚闻到的更加浓烈。

借着微弱火光，我隐约看见绑着我的木柱之上有深褐色的痕迹自上而下、深浅不一，就如同红烛的蜡泪附着在烛干之上。

是血！是那些枯骨的血！

只一瞬间我便明白了自己的处境，那人要杀我，他要我的血！

"滴答滴答"是水滴滴落的声音，我心中一抖，背后一阵凉意。

抬眼向上，这一看让我差点窒息，一名发丝凌乱的女子被吊在血池之上，她的脖子和身体仿佛只余一层皮相连，暗红色的血液正顺着脖间碗大的伤口滴落下来。女子仿佛还没死透，口中发出轻微的呻吟。我浑身一软，胃里翻江倒海。

我强迫自己冷静下来，不然下一个被吊在那里的便是我了。

以前我从未觉得死亡离我这般近，此刻脑中一片混乱。

我想起那长得和木枝师姐一样的红衣女子，可转念又想一个月之前木枝师姐还好好的，便不敢确定红衣女子到底是不是木枝师姐。可想到男子那双没有眼白的眼睛，那是中了冥蛊的表现，我心里就隐隐不安。

"刺啦"一声，是火折子被划着的声音，空地中的火堆被点燃，顷刻间照亮整个山洞。

我眨了眨眼，只见即将被燃尽的火折子从那可怕男子的手中滑落，坠入地面，渐渐熄灭。而他正一步一步向我走来，嘴角眼梢都带着惊悚的笑意。

他站在我的面前，定定地看着我，伸出他那又尖又长的指甲，直指我的脖颈。我倒吸一口凉气，还未待我反应过来，他锋利的指甲就在我的脖颈上划出了一道血口子。

只见那人"咯咯"地笑了，他伸出血红色的舌头舔了舔指上的鲜血，眼中竟有不可抑制的喜悦。他浑身剧烈抖动起来，声音简直像一把匕首划破了我的耳膜："咯咯咯，果真不同寻常，我的枝儿有救了！"

枝儿？木枝师姐？

"你……你对我师姐做了什么？"我的声音止不住地颤抖。

那人的眼珠在眼眶里一转，扯出一抹噬血的笑容："你认得我的枝儿？那你一定不忍心看着她死吧！"他抻长了脖子，整张可怕的脸近在咫尺。

"你……你到底……"我仰起头，浑身的汗毛都竖了起来。

只见那人悠悠地从身后掏出了一把闪着寒光的尖刀，痴痴地对我说："你不要挣扎，那样我也会对你温柔些。"说着，他还拿那把尖刀在我的脖颈之上仔细比画了两下。

我缩了缩脖子，还未来得及开口，只见那人倏地操起尖刀就直朝我刺来，没有一丝犹豫……我被绑在木桩之上动弹不得，只得绝望地闭上了双眼……

"咚"的一声巨响，外面传来了巨大响动。

那人看了我一眼，就如同野兽看着垂死挣扎的羊羔一般，病态地笑了："反正你也跑不掉。"一边说着，他一边伸出长长的舌头舔了舔手上的尖刀，如同野兽享用着死去的猎物一般。

他转过身，朝外走去，犹如荒坟堆里的一抹孤魂。

我手心沁出一层汗，整个人还在止不住地微微战栗，我垂下头大口大口喘着气。身前忽然出现一抹红色身影。

"小、药。"

是木枝师姐！她此时竟连话都有些说不清楚。

"师姐！你这到底是怎么了？"我浑身还在颤抖，还未开口，眼中的泪水就涌了出来。

"回、生、引……"师姐整个人的神情都十分木讷，连话都说不利索。

回生引！回生引是一种巴蜀秘术，可以使死人不死。但被施术之人必需每日以新鲜人血沐浴，才能使术法得以保持。受术之人虽然可以不死，但却会变得呆滞，如同木偶一般。

"怎么会！"我想起了木枝师姐胸口的剑伤，又急急朝她道，"是谁？是谁杀你？"我不知为何短短一月木枝师姐竟然变成这样，胸中怒气难平。

听了这话，木枝师姐的神色暗了下去，她低着头并不与我对视，只是机械地从袖口中抽出一把匕首，又如同机器一般来回割着绑在我周身的绳子。

"是他对不对？那人果然疯了！"绳索被木枝师姐割断，我跌坐在地面。木枝师姐正欲扶我，我却一闪身站了起来，抓住了她的肩膀朝她问道。

木枝师姐却反抓住我的手，十分吃力地开口道："快、走。"

"和我一起走。"我急急开口，只想和木枝师姐一起离开这个地方。

而木枝师姐听了我的话，却连连摇头，半天才挤出一个"不"字。

"师姐！他……"我紧紧拉住师姐，准备将她强行带走。

可师姐却连退两步，满脸悲伤，半晌才道："他……不是……

不是故意……他……以为我还有……冥蛊才……青玉楼……要他
杀我才肯……放过他……我们才能不被追……杀。"

师姐口齿不清，我只能大概猜测她的意思。大约是师姐和那
男子在一起后一直被人追杀，追杀他们的人要木枝师姐死才肯罢
休，那男子不知君影草已绝迹于世，世上再无冥蛊，便杀了木枝
师姐想逃避二人被追杀的命运。可他杀了师姐之后，才发现再无
力救回师姐，为了留住师姐性命，便使用了秘术回生引。

"师姐，他疯了！你看见这洞里的枯骨了吗？你跟我走！"
我顾不上其他，只想着带师姐离开。

我一把拉起师姐的手就想将她往外扯，可木枝师姐不知怎的，
忽然惊恐地挣开我一把将我护在了身后。

我一抬头，就发现那病态的男子手里拿着尖刀，正在不远处
看着我们。

"枝儿，你跑到哪里去了，我找了你半天。"那男子的声音
就如同催命符一般，直直地击打在我的心口。

"不、要……不要杀她。"木枝师姐护着我，眼中满是挣扎。

那男子双颊深陷的脸上浮出一丝狠厉："枝儿，她的血很特别，
也许可以救你。"

木枝师姐拼命地摇着头，带着我向后连退几步。

我被木枝师姐护在身后，眼看着那人眼中的怒气化作燎原之
火，熊熊燃起。他像发了疯一般，直朝我和师姐冲了过来。他一
把推开了木枝师姐，双手狠狠地掐住了我的脖子，"砰"的一声

将我整个人都按进了身后的石槽里。

顿时，我脑中"嗡嗡"作响，仿佛有无数蜜蜂在我耳边叫嚣。

"是你！是你！是你害死了我的枝儿！"模糊视线里，我见那人双手与脖颈上青筋暴起，睚眦欲裂。

这人果真疯了！通过他的手，我能感到他浑身气血逆流，气息混乱。他的气息在整个山洞中乱窜，我仿佛听到山洞石壁破裂的声音。

视线越来越模糊，我连抬起双手挣扎的力气都已失去，觉得下一秒自己便要窒息而亡，我自暴自弃地闭上了双眼。

可忽然间，那人却倏忽松开了双手。我大口大口地喘着气，双目涩痛几欲晕厥。我抬眼一看，却只见木枝师姐站在那男子身后，她手中的一把匕首已直直刺入了男子的背脊。

我一时愣在那里，看着满脸不可置信的男子和一脸惊痛的木枝师姐，不知该作何反应。

却只见木枝师姐忽然紧闭双眼，双手一用力将那匕首插得更深："不要……不要再继续下去了。"

她的声音中满是痛苦与挣扎。泪水从她脸上滚滚而下，下一秒，她咬牙一把抽出已没入那人身体的匕首，顷刻间我便看见鲜血从那人的身后喷涌而出，像下了一场妖娆的血雨。

我看见木枝师姐的眼神渐渐平静下来，可那平静之下却是暗流汹涌。

她缓缓上前，扶住了已站立不稳的男子。

"不要怕……我陪着……你……你到哪里……我都会陪着你。"她的声音温柔平静。

木枝师姐的嘴角有鲜血汩汩而下，她解脱般忽然一笑，那把闪着雪亮寒光的匕首瞬间已没入了她的腹部。

"师姐！"我不可抑制地惊呼。

山洞的石壁开始晃动，我挣扎着来到了师姐的身边，泪水像断了线的珠子一般。我哽咽着朝师姐道："师姐，我们走，我带你离开这里。"

"我本来……就已是个死人……因回生引……才偷得一月时光……你走吧，这……山洞快要塌了，我……不会离开他的。"师姐看着怀中的男子，目光温柔。

整个山洞开始剧烈地摇晃起来，一块一块的碎石从洞顶砸下，砸落在我身边，激起巨大灰尘。

"我不走，我怎么能眼睁睁看着你死，师姐我……"我拼命摇着头，却无力阻止生命从师姐的身体里一点一点地流失。

周遭碎石发出"轰隆隆"的巨响，我已全然不顾。

师姐看了看我，眼中却是解脱的释然，她用颤抖的双手从衣袖中掏出了一颗土色的珠子，朝我身上用力一掷，顿时周遭强光四起……

那是传送蛊，能将人传送至十里以内的任何地方。

第三十二章

我说你这个人，
你就不能直接把我绑到符桃面前吗！

脸上滑落的泪水还未落地，一晃眼我已置身于山洞之外的入口处。

洞外仍是大雨如注，密集的雨水打得树林"沙沙"作响。

我站在倾盆大雨之中，看着眼前这已经坍塌的山洞，一时间还有些恍然。可是看着眼前这堆碎石，我知道师姐她是再也回不来了。

有白色玉冠滚落在我的脚边，是那男子之物。

我缓缓蹲下身来，捡起脚边的白玉冠，伸手取下木枝师姐交给我的水红色珠串，将它们放在了那堆碎石之上。我想，这是木枝师姐的愿望。

我看着这一红一白，在雨水之中被冲刷得越发光亮，湿了脸，也不知是雨水还是泪水……

还未来得及有太多情绪，我就听到身后突然传来冷酷人声："跑得倒快！"

我心里"咯噔"一声，知道是绑架我的人又找来了。

"你……你怎么知道我在这里？"我不着声色地往后退了两步。

那人扬起下巴，一双凤眼中满是精光："这么大的动静能不知道？"

果然是山洞崩塌的声音将他引了过来，真是才出虎口又入狼窝！我转了转眼珠，想着如何才能脱身。

"仙女下凡！"我忽然大叫起来，指着那人身后，一脸震惊过度的表情。

那人果然下意识就朝后看去，我趁机脚底抹油，飞快地跑了起来。

谁知那人反应极快，凤眼一眯，凌空一跃在空中翻了个跟头就站在了我的面前。

他操着手，长眉微挑："还想跑？"说着，他一闪身站在了我的面前，右手出掌又欲将我打昏。

我连忙后退，一边苦苦哀求道："壮士！别别……我跟你走，跟你走，你相信我。"

那人嘴角微扬："信你？"他轻哼了一声，我还未说些什么就又被一掌劈晕……

我感觉整个人都在上下颠簸，浑身仿佛被人打了一样钝钝作痛。我挣扎着睁开了双眼，看着眼前的一切，一下子就清醒了过来。

我眼下双手双脚皆被绳索困住，嘴巴也被一团破布塞住，被置身于一辆飞速行驶的马车之中。马车的轱辘压过崎岖不平的地面，我整个人都在凌空翻腾，差点没把自己的舌头咬断！

"唔！唔！唔！"我一边挣扎着，一边不断从嘴中发出响声，想引起驾车之人的注意。而驾车之人却丝毫未有停下之意，反而将车驾得更快，更是故意将车驾往不平之处。

"呢搭耶嘚！纺窝储趣！纺窝储趣！"我全然不顾自己的口中被塞了团破布，骂得越发用力，口水直流。

在我第无数次问候了他大爷之后，那人似乎是终于听不下去了，忽然就停下了马车。他这一急刹车，我由于惯性立马狠狠地撞在了马车的车壁上。

"呢搭……"我还未骂出口，只觉口中一松，塞在嘴里的破布被人拿了出来，"嘶，呸呸呸！你大爷的！"我嘴巴一酸，口水哗啦啦直往外流。

那人嫌弃地看了我一眼，眯着一双凤眼，颇为嘲笑地开了口："骂了一路，就只会骂这一句！"

"呸！谁说的！我还会骂别的！你听好了！"我喘了口气，

怒气冲冲地朝他道，"你二大爷的！"一边骂着，我一边喘着粗气，这骂人果真是需要肺活量的！

凤眼男子："……"

"你到底要带我去哪儿？"我见那人嘴角微不可见地抽搐了一下，舔了舔自己干裂的嘴巴。

那男子双手交叠在胸前，盘腿坐在我的面前，居高临下地看着趴在地上犹如俎上之鱼的我，有些无奈地开了口："我说过，我要带你去见符桃。"

"不见！我说了我不……"我也是有脾气的好不好！这样把我绑来！还想叫我言听计从？

可我话还没说完，就被那人连拖带拽地拖出了马车……

他一手拎着我的后领，一手拿剑划开绑在我脚腕上的绳索，我脚一软差点儿一屁股坐在了地上。

"起来！好好走路！"说着，那人还扯着我的衣领将我整个人往上带了带。

"我腿麻！走不了！不然你试试憋尿憋几个时辰，看你还尿不尿得出来！"

"嘶！我就不该同你废话！再问你一遍，你是走还是不走！"说着，那人伸手就将他那把长剑架在了我的脖子上。

"走走走！马上走，马上走。"我脖子朝后缩了缩，觉得还是保命要紧。

那人将我双手绑在身前，又在绑着我双手的绳索里牵出了一根绳子自己握在手上，跟牵着一头羊似的扯着我就上了眼前这座山。

我思忖着反正左右也跑不了了，去见符桃也好，至少符桃能救我啊！想着我和符桃近两个月未见，我心里竟有一丝雀跃。可一想到，自己眼下无比狼狈，衣衫上尽是泥土血渍灰头土脸的，就又觉得无比沮丧。

在雀跃与沮丧这两种情绪的来回更替之中，我终于在徒步了两个时辰之后，体力不支了。

"我说你这个人，绑架就不能绑得有点职业操守？还让我一个人质徒步走了这么远！你就不能直接把我绑到符桃面前吗？"

那人回头狠狠瞪了我一眼，牙缝中挤出了两个字："闭嘴！"

第三十三章

我这是被众人抛弃了吗？
难道符桃真是吃着碗里的望着锅里的？！

　　三个时辰后，在那人连拉带拽、威逼利诱之下我们二人终于
到达了目的地。

　　身后是万丈深渊，身前百步高的青石阶凌空而起，直上云霄。
云雾缭绕之中，随处可见的都是石楠树，石楠树上一簇一簇的白
色小花犹如点缀在梅花玉中的点点星斑。

　　石砌的三开山门之上雕刻着繁复的梼杌、饕餮、混沌、穷奇
四大凶兽，威严异常。巍峨的山门之上，悬挂着一排玉质飞雁，
在微风中发出清脆的撞击声。

　　眼光顺势朝下，山门的匾额之上赫然写着"飞霜门"三个金字。

　　我心下很是疑惑，找符桃不是应该去折雪山庄？

"我说你这人带我来飞霜门做什么？"

那人看着我，翻了个白眼，似是觉得有些莫名其妙地开口道："找飞霜门的门主，不来飞霜门难道去折雪山庄啊？"

飞霜门门主？那个江湖上传说剑术高超花见花败犹如高岭之花的飞霜门门主？！

为什么带我来见他？不是见符桃吗？

绑架我的那男子又朝着山门喊了些什么，我一句也没听清，甚至连他将我整个人都扯向悬崖边上我都没有挣扎。

我整个人都是呆呆的，完全搞不清楚状况。

山门上的玉质飞雁在风中"丁零"作响，我看见大批的白衣弟子从山门鱼贯而出，整齐罗列在山门两侧，仿佛在迎接什么重要的人物出场。

一只暗色麟纹云靴从石楠树的树影之中迈了出来，隔得那么远，我却看清了这个人，甚至闻到了他身上淡淡的白芷花香。

符桃！他一身绲金边的玄衣随风舞动，衣摆之上绣着的青鸾振翅欲飞，一头乌发被尽数梳起，头上的青玉冠在阳光下璀璨夺目。他本就是容姿清俊之人，一身打扮，更显得他清贵无双，犹如神祇。

我犹如雷劈。

那绑架我的男子刚刚说什么来着？

——找飞霜门的门主，不来飞霜门难道去折雪山庄啊？！

我："……"

我："！！！"

怪不得！怪不得他随手买个华胜就是五两银子。

怪不得，他举手投足间皆是"泰山崩于前而面不改色，麋鹿兴于左而目不瞬"的淡定从容。

怪不得在广陵时，说起飞霜门他会是那种反应；在金陵时，他脱口而出的也是飞霜门；甚至在无极荒原中他也不会被君影草影响！

怪不得他时常会在我面前流露出欲言又止的模样！

怪不得会有人因为他而绑架我！

……

我愣在那里，只觉自己此时狼狈不堪，连手都不知道该放在哪里。

他果然不是一般人！我心里有说不清的情绪在疯狂地滋长，一面觉得符桃就应该是这样一个高高在上的人，一面又为他在我面前隐瞒了身份而难受。

"符桃，见你一面还真不容易！"那凤眼男又将我朝后带了带，一柄长剑抵上了我的脖颈。

符桃见我一身狼狈，看都未看那人一眼，拧着眉直接朝我道："受伤了？"

"啊？没……没有。"我这才反应过来，摇头，声音有一丝飘忽。许是摇头摇得太过用力，划到了剑锋，脖子上有温热液体渗出。

只见符桃的脸沉得更厉害了，他双眼微眯，神色是前所未有的严肃，语气犹如千年寒冰："我只说一遍，放了她。"

那人似是被符桃的气势震慑住了，下意识又带着我后退了一步："将露白还给我！"

露白是谁？好似是个女子，这女子和符桃又是什么关系？！难道符桃抢了凤眼男的心上人？可符桃喜欢的人，难倒不该是……

我完全搞不清状况，整个人一头雾水。

"我不是在同你商量，你只有一个选择，那就是将她放了。"符桃下巴微扬，眼中是千岁寒霜，是我从未见过的威严。

"哼！你当真不顾她的死活？"凤眼男仍然不肯放弃，又将我往悬崖边送了送。

二人谁都不肯让步。

我看了看身后近在咫尺、深不见底的万丈高崖，觉得要为自己的性命争取一下。

"这位大哥，你是不是搞错了，你说他抢了你的那什么露白？可是他应当、也许、大概是喜欢我的呀。"我缩了缩脖子朝凤眼男开了口，言罢还觉得有些不好意思。

"你懂个屁！男人都不是什么好东西，皆是吃着碗里的望着锅里的！我的露白就是被他抢去了！"凤眼男的情绪一下子激动了起来，溅了我一脸的口水。

我："……"说得跟你不是男人一样！

我不知事情的真相到底是如何，可依据话本子里的情节，像符桃这样身份的人娶好几个老婆是再平常不过的事情了。

我不禁有些悲从中来，难道符桃真是吃着碗里的望着锅里的？！

我巴巴地看向符桃，可他那张结了霜一般的脸上，实在是看不出个所以然来。

符桃的身后忽然传来人声："顾展念！你给老娘放了她！"是个女子的声音，音色如铃，却显得有些中气不足。

那名禁锢着我的名叫顾展念的男子，浑身一震脱口而出："露白！"

我下意识就望向名叫露白的女子，她容姿秀丽、五官端庄，竟还和符桃有一丝夫妻相！那两人站在一起，简直一对璧人！我一颗心顿时沉到谷底！

"小药！"

我低着头，心里无比酸涩，却忽然听到有熟悉的声音叫我。我抬头一看，只见那人飞奔而来，下巴上长长的白胡子四处乱飞，完全不像一个传说中的世外高人。

七公！他跑出百花涧这么久，居然是跑到了飞霜门？！

好啊！他一定一早就知道了符桃的身份！我恨得牙痒痒。

符桃隐瞒身份跑到百花涧来，七公居然还帮着他！当下，眼前还多出了一个叫露白的女子！真不知道这是一出家庭伦理苦情剧，还是一出虐恋情深的狗血剧！

"你杀了我吧！我不活啦！"我看着眼前这糟心的场景，一把抓住了顾展念握着刀的手，跟他扭打在了一起。

可谁知，顾展念见我和他抢手里的长剑，却一手捏住我欲抢他长剑的手腕，一手整个捂住了我的脸，将我与他手中长剑拉出一段距离。

"你……你干什么啊！"

我整个人胡乱挣扎着，余光却瞥见七公、露白、符桃三人急急向我走来。符桃那一张毫无表情的脸黑得可怕。

而此时的我，眼里只有符桃和露白二人相携着款款而来的身姿，气得浑身一哆嗦，脚下一滑，整个人都向高崖之外飞去……

我看见顾展念一副大惊失色扑救过来的姿势，还有不远处的露白和七公惊恐瞪大的眼睛，而站在露白身边的符桃却淡定得令人发指，竟丝毫没有要来救我的意思！

我这是被众人抛弃了吗？内心里还来不及有更多的想法，只觉得整个人在飞速下坠，我绝望地闭上了眼，想着这崖这么高，可能我还要再落一会儿。

然而事情却没有照着我预计的方向发展下去，很快地只听"扑通"一声，我整个人都落入了一潭温热的水中。

温泉？我忽然觉得浑身一阵轻松，身上的那些个血口子，被温热的泉水一泡竟有说不出的舒服。可是，砸下来的时候，背部还是痛不欲生的！

我缓缓闭上双眼，任由自己向下沉去，意识也渐渐模糊起来……

第三十四章

阿桃那带着淡淡的白芷花香的温热触感，印在了我的唇上……

我再次睁开眼睛的时候，就看见了七公那张笑眯眯的脸。

"你醒了？感觉怎么样？是不是很舒服？"

"舒服？你从悬崖上摔下去能舒服？"我觉得我快要被气死了。

"哎？符桃不是说那高崖下是有治愈奇效的温泉嘛？"说着，七公还伸手过来探了探我的伤口，接着又道，"明明已经好得差不多了嘛！"

温泉？知道下面是温泉就不用救我啦？！知道我掉下去的时候，心里有多惶恐和害怕嘛！还对我隐藏身份！

"不要在我面前提'符桃'这两个字！还有你！田三七！你

是不是早就知道符桃的身份了，为什么不告诉我？"我心里满是被玩弄了之后的怒火，伸手就拿起了床边的烛台，一手扯过七公那把白花花的胡子，佯装要烧了他的胡子。

果然一涉及胡子，七公就急了："嘶！你轻点儿！轻点儿！符桃来百花涧为那露白姑娘求药，不便暴露门主的身份，所以除了我和掌门也没别人知道他的身份！又不是只瞒着你一个人！"

堂堂门主亲自为露白姑娘求药？他果然对那露白姑娘不一般！我整个人像沉入了海底，连呼吸都有些困难。

七公见我忽然松了手，连忙往后退了一步，心疼地捋了捋胡子道："我制药也是需要一段时间的嘛！恰巧掌门又派你和凤尾出涧，我放心不下，就向符桃提出条件，除了诊金之外，还要他一路上保护你们！而且你们俩不是处得挺好吗！我听小尾说你们俩……"

"不要再说了，我和他没关系。"我想着那名叫露白的女子，一颗心像是一株根茎深埋地下的花朵，被人猛然连根拔起，疼得厉害。

"怎么了？"七公有一丝不解。

我觉得自己有些可笑，连和符桃的初识都是因为另一个女子，眼眶不由得有些酸涩。我揉了揉鼻子，开口朝七公道："七公，我饿了。"

七公一听这话，笑眯眯地摸了摸自己圆滚滚的肚子道："我说怎么回事呢！原来是饿了！你等着，老夫我这就去端些吃的来！"言罢，一路欢脱地奔了出去。

我靠在床头，窗外月色清亮，万年青碧绿色的叶片在月光之下如翡翠一般，闪着盈盈光泽。

"明姑娘，打扰了。"女声清亮，却有些中气不足。

是露白，我本不欲见她，可她却毫不避讳地直接进了门。

一起进来的还有顾展念。

露白一手扯着顾展念，一手端着一碗莲子羹，自顾自开口道："明姑娘，呀！这样叫显得太生分了！我们以后就是一家人了，我就叫你小药吧！这没脑子的人让你吃了不少苦头吧，我叫他来给你道歉。"说着，露白狠狠瞪了顾展念一眼，将他扯到了我的面前。

一家人？还小药！这是要共侍一夫？！这女子怎么这么大度。我心里不是滋味，沉默着不知道该说些什么。

我还未开口，就见露白一巴掌拍在顾展念的后脑勺，瞪着眼睛恨铁不成钢地道："我怎么会喜欢你这……唉，罢了你这个没脑子的，快点儿道歉！"

我完全没有注意露白在说些什么，只是看顾展念完全不似和我在一起时那般冰冷、凶悍，反倒像个做错事的孩子一般，言听计从地开了口："那个……不好意思。"

唉，他应当很喜欢露白姑娘吧，只可惜这姑娘与符桃……

"你还生气？"见我半晌没说话，露白忍不住问。

　　我思绪被打断，木讷地说："没……没有啊。"

　　露白似乎很是不解，沉吟片刻，她又了然似的忽然欣喜道："哦，我知道了！你因为符儿刚刚没有救你？唉！那是因为他知道那崖下是潭温泉！不过这样做也是有些不对，吓到你了吧？我一会儿叫他给你道歉！你……"

　　"符儿？"她字里行间都和符桃显得很熟悉很亲近的样子，我忽然就觉得心上有太多东西不能承受。

　　我打断了露白："其实我和他没什么关系，他好像比较喜欢你，你……"

　　这女子坦诚大气，一点儿也不做作，真让人讨厌不起来。我有些黯然，我想这才是符桃喜欢的女子该有的样子，大气端庄，不似我像个孩子。

　　"啊？喜欢我？"白露听了我的话似乎有些不明所以，沉吟片刻竟"噗"的一声笑了出来，"小药你是不是误会了什么？我是他姐姐！"

　　"……"我顿了顿，有些没反应过来。

　　"正式自我介绍一下，露白，符露白。"她浅笑一下，又接着道，"我自小身体不好，符儿带七公回来给我治病。这没脑子的就以为我被符儿掳走了，抓了你来要人。"说着她又白了顾展念一眼。

　　顾展念轻咳了一声，颇为不好意思地红了红脸。

　　"咚咚咚"三声轻响，不紧不慢的调子。

　　门被推开，是符桃，他一身玄衣上绣着的青鸾振翅欲飞，手上还端着碗汤药。

　　见来人是符桃，露白很是识趣地拉着顾展念飞快地消失在了走廊尽头。

　　屋内只余下我和符桃两个人。

　　符桃缓步走到床边，将手上的汤药递到了我的面前。

　　"把药喝了。"

　　我心里有气，扭过头故意气他："阿桃，我们分开吧。"

　　"嫌药太苦？"符桃端着药的手僵了僵。

　　我双眼定定地看着符桃，摆出一副前所未有的正经模样。

　　"阿桃，我不懂什么大道理，可也算知晓，喜欢一个人就算不能风光月霁至少也要干净磊落。第一，你不该对我有所隐瞒。"我伸出一根手指，比出了一个"一"的手势。顿了顿，我又伸出了一根手指，"第二，你总是那么自信满满胜券在握，仿佛所有事情都在你的计划之内。但你可知，当我掉下高崖的那一刻，看着你那张淡定从容的脸心里是何等伤心？"

　　我将在话本里看过的话原封不动地搬了出来。

　　许是从未想过我会说这些话，符桃一时竟有些不知所措。

　　他也会有不知所措的慌乱表情？！我强压下了心中的窃喜，清了清嗓子，又开口道："我不要再喜欢你了。"

　　我觉得自己简直比齐云社的花旦还要会演戏了！都要忍不住为自己鼓掌了！

"你……你不会的。"符桃顿了顿，神色很快恢复如常。

"为什么不会？"我操着手，靠在床头，学着符桃平日里那副宛如高岭之花的模样，冷冷地开口。

"我喜欢你。"他的声音清澈透亮，面色如水。

"可你……"我刚欲开口，却被符桃打断。

"是我不好，女孩子的心思我……不大懂。"他长睫微垂，遮住了眼中闪过的一丝狡黠，"抱歉，让你从他人口中得知我的身份。抱歉，让你这么没有安全感。"言罢，他抬头冲着我笑得温柔。

我："……"

这般大方承认？还笑得那般迷死人不偿命！天啊！

我的心立刻就软了，相处这么久以来，他确实一直对我百般照顾，虽然对我有所隐瞒，却也从来没有欺骗过我什么。

看着他笑得一脸温和，我轻咳了一声，嘴角忍不住地扬了扬："嗯。"

我清了清嗓子，接着道："看你……看你态度不错，我就勉强……勉强再喜欢你一下好了。"刚说完，便忍不住笑出声来。

符桃抬头，嘴角牵出一丝笑意，看着我的一双眼睛并无半分意外。

"谁叫你害我伤心来着。"我嘟着嘴，语气不满。

"嗯，是我不好。"符桃难得地没有噎我，嘴角笑意更浓。

"你……你笑什么？你刚刚被我原谅，怎么一点儿都不意外？"我刚刚明明演得很好啊！

符桃扬了扬嘴角："意外？意外什么？我有信心。"

什么信心？对你自己有信心？还是……有信心我一定会喜欢你？

"是吗……哦。"我越想越不对，怎么有种自己被卖了，还替别人数钱的感觉？

我摇了摇头，却并未多想，直接换了话题："以后不可以再骗我。"

"好。"

"每天都要说你喜欢我。"我立马得寸进尺。

符桃轻咳了一声，微不可闻地应了一声。

"不愿意就算了。"我故意没好气地朝他道。

"嗯。"这回他重重地应了。

至此，符门主割地赔款，彻底妥协！

我这才满意地点了点头。

符桃摇了摇头，口气里尽是无奈："原谅我了？"

"勉强吧。"我摆出一副傲娇模样。

符桃嘴角笑意更浓："那……亲一下？"

"你说什么？你……"

我话还没说完，就有带着淡淡的白芷花香的温热触感印在了我的唇上。

他轻轻扬了扬嘴角，眼中闪过一丝狡黠："这可是你看的那些个话本里的标准情节啊，男女主角吵完架的时候，不都是这样？"

"你什么时候开始看这些乱七八糟的话本子了！"我惊讶万分。

"你看的时候无意扫了一眼咯。"符桃似笑非笑。

"你……"

我又欲说话，符桃却再没有给我开口的机会……

门外，走廊上。

七公："嘿嘿嘿！这就是青春啊青春！"

露白："弟弟上啊！将她推倒！将她推倒啊！"

顾展念："……"

飞霜卷·完

更好玩！
更超值！
更有爱！

1000本图书随心换，编辑作者陪你玩！
看电影、玩游戏、教你写作、聊天互动……
福利超多都是爱，还有大鱼三周年读者节珍贵邀请卡等你拿！

主题活动一： 1000本图书随心换

时间：6月15日—8月31日
营地：新浪微博

晒书有礼，上千本经典好书，最新精品书随心挑、免费换。每个ID限换1本。
参与方式：晒出你的大鱼图书+关键字#大鱼纸上夏令营第2季#并@大鱼文学 即可。
@大鱼文学 官博每周公布100位幸运参与者获得"大鱼换书随心卡"。

主题活动二： 作者大大陪你玩

时间：7月1日-7月31日
营地：大鱼官方读者群

莫峻、烟罗、籽月、随侯珠、酒小七、麦九、忆锦、程灵素、
余音、顾苏、小花阅读作者太太团……
空降官方读者群，聊天互动玩游戏，还有签名书小礼物。

大鱼文化官方读者群群号：
①群 220265707　②群 271308177　③群 187373142　④群 375381454
⑤群 193962680　⑥群 459298829　⑦群 428519455　⑧群 555047509

主题活动三： 青春纪念册
——和大鱼编辑一起看夏木电影

时间：8月5日
营地：长沙市区电影院
（地点待定，请关注@大鱼文学 官博）

有些约定，是一生的执着。
8月5日，大鱼文化"夏木"大电影公司专场，邀请你一起为青春落泪。

主题活动四： 我の好书推荐铺

时间：7月6日—8月31日
营地：大鱼文化淘宝店

大鱼文化精心准备图书清单免费提供，5.5折起全包邮！助你0成本0邮费开微店、长
知识、赚外快！还有珍贵的大鱼三周年读者节邀请函可以拿！
联系人：大鱼文化淘宝旺旺

小花阅读

小花阅读"梦三生"深情古风系列

【梦三生】系列 01
《盗尽君心》

打伞的蘑菇 / 著

标签：调皮小女贼 / 放浪微服太子 / 深情俊美将军 / 忠犬神偷教主

内容介绍：

江北小女贼林隐蹊，
本想小偷小盗快意江湖，
不料失手偷上微服的太子。
好不容易逃出来，
却得知要代姐姐出嫁。
一段江湖事，
搅乱风月情。
到底是放浪不羁的微服太子，
还是深情缱绻的镇疆将军，
又或者是默默守护的神偷教主？
小女贼无意盗尽风月，
却串起他们的爱恨情仇，
而她想偷的，究竟又是谁的心？

【梦三生】系列 02
《桃药无双》

果子久 / 著

标签：花痴的解蛊门传人少女 / 傲娇温柔的飞霜门门主

内容介绍：

生来能以血解蛊的解蛊门菜鸟传人明没药，
眼馋美男符桃的美色下山历练，
本想谈谈轻松恋爱，却谁知一路遇到离奇事件……
【金陵卷】
以蛊傲引，柔弱小姐飞蛾扑火；明没药刚下山，
就遇上了员外家的妻妾们堵城，温柔小姐似乎
中毒沉睡不醒，郊外遭遇惊险有人被埋……
【堰城卷】
以蛊为囚，霸道城主爱恨纠缠；明没药掉入幻
境堰城，暗黑美人城主与柔弱妹妹间，有着怎
样的过往纠葛？一个宁可背负刻骨仇恨也要囚
她入怀，一个宁可灰飞烟灭神形俱散也要了却
摩缘……
【云隐山卷】
以蛊为殇，痴情师姐向死而生。黑暗的山洞里，
白骨森森，痴情的师姐，埋葬了自己的爱情，
能否逃出生天，安慰亡灵，决定没药与符桃，
能否走到最后……